記憶の宿る場所

エズラ・パウンドと20世紀の詩

土岐恒二・児玉実英 監修

思潮社

記憶の宿る場所——エズラ・パウンドと20世紀の詩

土岐恒二・児玉実英監修

目次

装幀　思潮社装幀室

記憶の宿る場所

――エズラ・パウンドと20世紀の詩

序に代えて

土岐恒二

数年前から日本エズラ・パウンド協会では、詩人の生誕一二〇周年にあたる二〇〇五年十月三十日を期して、会員の総力を結集した記念論集を出版しようと話し合ってきました。できるだけ多くの会員が寄稿してパウンドを論ずるのに不可欠なテーマ、トピックを網羅し、それぞれ自立した論評の集積であると同時に、それら個々の評論が互いに有機的に響きあって全体として詩人の全体像が明確になるような、体系的に編集されたパウンド百科ともいうべき書物を、と。

しかしそのような書物の構想は、叩き台となる素案を提示することさえ私の力に余り、結局、岩原さんを始めとする編集委員の諸賢に計画推進をお願いせざるを得ませんでした。そうしていま、実行力ある編集委員の卓抜なアイディアと、粒揃いの執筆陣の瞠目すべき集中力が、思潮社の誠に有難いご協力を得てここに豊かに結実したのです。

さてゲラ刷りのすべてに目を走らせてなによりも驚かされたのは、当初想定していたよりも論文の本数がずっと少ない論集として編集されているのに、パウンドの全体像が私の想像をはるかに超えて鮮明に造形されていることでした。長年の研鑽と熟成した詩的感性の土台の上に確固たる視座を築き上げている各論者が、それぞれのテーマを切り口とする渾身の評論を寄せているのですが、それらが全体として、まるで示し合わせたように、詩人の等身大の像をみごとに造形しています。

本書は、詩人の生誕一二〇周年を祝して捧げる Muse's diadem であるばかりか、日本エズラ・パウンド協会の絶えず進化する研究水準を誇るに足る論叢であり、ともすれば敬遠されがちなパウンドの実像と、その二十世紀、二十一世紀の詩・文化に及ぼす影響の大きさを想うすべての人々にとって必読の書となることを、誇りと確信をもって断言いたします。

I

戦略としてのイマジズム

パウンドが求めた「探求の言語」とは

小泉純一

はじめに

エズラ・パウンドと日本の間には浅からぬ関係がある。パウンドが打ち出したイマジズムの背景には俳句やアーネスト・フェノロサ経由で入ってきた能、漢詩などの存在がある。詩人との関係では、北園克衛とは手紙のやり取りを行い、「キットカット」と呼びかけるほどの親近感をパウンドは北園に感じていた。また、晩年西脇順三郎の作品を見せられ、ノーベル賞に推薦すべき詩人だと語った話もよく知られている。北園、西脇とパウンドに共通するものは従来の詩の枠を打破した点にある。パウンドもヴィクトリア時代の文学、伝統的な詩の形式や韻律を打破し、定型に縛られない口語自由詩を生み出すことを目指していた。「イマジズム」とはそのために用いられた戦略的な言葉である。

二十世紀に入りたてのロンドンやパリの街角で、前世代の詩の言葉や表現に違和感をおぼえ、新しい表現方法を模索するアメリカ人やイギリス人の若者たちがいた。どの国のどの時代にもそんな文学を志す青年は存在し、その内のほんの一握りの者たちが成功を収める。エズラ・パウンドはその一人だった。この時期を振り返り「誠実な自己表現」の探求を行っていたとパウンドは述べている。そのプロセスで、他者の声で語る「ペルソナ」やイメージが主体となって語る「イマジズム」を使った作品を完成させている。『詩篇』と比べればこの時期の作品は内容、手法の両面でも、作家と社会との関わり方という点でも、問題が複雑化していない分だけ、理解しやすい作品が多い。『詩篇』を応用問題とするなら、この時期の作品は練習問題と考えればいいだろう。しかし、この練習問題のテーマの一つイマジズムについて考えてみると、それによってパウンドが伝えたかったものを探る余地は残されている。また、表現方法の面でそれはパウンドの技法の基礎となっている。こうした問題について考えてみると、イマジズムとは過ぎ去った文学史の項目に止まらず、これからも文学に関心を持つ者たちが受けとめるべき課題だと考えたい。

最初に言っておくと、イマジズムという名称は誤解をまねきかねない表現であり、その実態を正確には示していないと私は思っている。たとえばそれを日本では写象主義と翻訳することがある。正岡子規の提唱した写生と響きあいかねないのだが、心象、つまりイメージを視覚的に写実するということだろう。しかしイマジズムとは写実的にものを描写するだけではないことをパウンドは明言している。また解説書の中でもイマジズムに関してまだ未解決の課題があることが指摘されている。たとえば、そのマニフェストと一致しない作品がイマジズムのアンソロジーに収められていること。D・H・ロレンスはイマジストのアンソロジーにも、ジョージアン詩人のそれにも作品を発表していること。パウンドが途中からイマジズムの活動から手を引いたこと。そもそもイメージとは何であるのかについての共通理解が得られていないことなどがあげられる（Jones 13）。

結論を先に述べておくと、イマジズムの名のもとにパウンドが行おうとしたことは、二十世紀という新しい時代の生活様式、感受性を表現できる言語表現の探求であった。イマジズムとは誤解をまねきかねない表現だと先に述べたが、それが誤った言い方であるのではない。言葉足らずで充分説明しきれていない部分があるということだ。しかし、空白のまま残されている部分があるからこそ、後続のアメリカ詩人たちはそこに着目し、その可能性を自分なりに咀嚼して、イマジズムの考えに基づいて言語表現の可能性を広げようとしてきた。そう考えるなら、言語表現の探求とは、新たな生活様式を反映する認識のプロセスと、それを表現できるような言語表現の探求であったと言い換えることもできる。またイマジストたちの俳句への関心は、異なったものを並置する点で、コラージュやアサンブラージュの考えのさきがけとなっていることが指摘されている。巨視的に見るなら、二十世紀美術における発想やエイゼンシュタインのモンタージュに見られる映画の表現方法ともパウンドの問題意識は共通している。端的に言うなら、それぞれの芸術メディアが、外の世界のリアリティを見かけ上再現してみせるのではなく、色なら色自体、音なら音自体などの表現手段そのものの持つ力を意識するようになった。このような視点からイマジズムをとらえるなら、それは今でも生きた問題であるし、これからも詩人たちが立ち返るべき出発点であることに変わりはない。

イマジズムの誕生とその経緯

パウンドはイマジズムの説明を何回か行っているが、それぞれが微妙に変化している。共通する部分はあるのだが、強調している部分が異なっている。イマジズムがどのように誕生し、パウンドの説明がどのように変化していったか、また仲間の詩人たちがイマジズムをどうとらえたのかを、一九一三年『ポエトリー』に発表されたイマジズムのマニフェスト、その翌年『フォートナイトリー・レビュー』にパウンドが発表したヴォーティシズムに関するエッセー（現在は*Gaudier-Brzeska*に収録されている）、一九一五年版以降の『イマジスト詩集』の序文という流れに沿って概観していくことにする。

古典文学の研究を行い、アメリカで大学の教員の職についたパウンドは、旅芸人の女優を自分の家に泊めてやったことがスキャンダルとなり、その職を辞し、詩人として生きる決意を固めイギリスに渡ってきた。詩人として身を立てる環境が整っているのはアメリカよりもイギリスだと考えたからだ。二十世紀初頭のロンドンには、新たな時代の詩のあり方を模索する前衛的な立場の文学青年たちが集まって来ていた。フランスの哲学者ベルクソンの影響も受けた哲学者のT・E・ヒュームや彼の集まりに参加していた文学者のF・S・フリントがその代表だ。パウンドはこの二人と新たな詩の必要性について意見が一致し、議論を重ねている。新たな詩の方向性については考えが一致している部分もあったが、イメージについての理論的背景には、ヒュームがベルクソン経由で学んだ知識も貢献している。当時のロンドンでは、「イメージ」という言葉は時代の先端を行く流行語でもあった。

イマジズムという言葉をパウンドが標榜した理由の一つは、ハリエット・モンローがシカゴで創刊しようとしていた雑誌『ポエトリー』に幼馴染のアメリカの女性詩人H・Dの作品を売り込むためだった。シカゴで『ポエトリー』の発行を考えていたモンローは、ロンドン在住のパウンドに助力を求め、彼を海外駐在編集者にすることにした。創刊時の『ポエトリー』は自分の詩論や仲間の詩をパウンドが発表できる牙城となった。

二十世紀初頭のロンドンの文学状況を見渡すと、それまでの詩の書き方やテーマを踏襲する勢力と、新たな詩のあり方を求める前衛的なグループが混在していた。後者の、前衛的なグループの中にも、未来派のマリネッティなどの考えに迎合する者たちがいる一方で、それに対して距離を取っていた者たちもいた。パウンドは後者の側に立ち、従来の詩の勢力からも、ヨーロッパかぶれの勢力からも自分たちを際立たせる必要があった。そのためにパウンドは自分たちの詩を象徴する名前を必要としていた。一九一二年十月、モンローにH・Dとリチャード・オールディントンの作品を送ったときの手紙には次のように書かれていた。

アメリカ人によるモダンな作品を送ります。モダンですよ、テーマは古典的ですが、イマジストの簡潔な表現で書かれています。（中略）ロンドンであれパリであれ、自信を持って送り出せるアメリカ人による作品です。具象的であり、崩れていない。直接的であって、修飾語を過剰に使わず、不必要な隠喩を使っていない。ギリシア語が直截であるように、余分なもののない言葉遣いをしています。（Paige 11）

パウンドがここで強調しているのは、モダンであることと、無駄な言葉のない簡潔な表現の二つだ。同封された作品のテーマは古代ギリシアを連想させるものであったから、内容ではなく表現の仕方がモダンだということであろう。また、詩人の主観的なコメントが展開される従来の詩に対して、表現形式が客観的で、詩の言葉そのものが自立していること、言葉遣いがタイトであることがその特徴とされている。イマジズムをモダニズムとしてとらえ、文学に限らず、科学技術やデザインをも含む視点で見れば、モダニズムは機能美を追求していた。その意識は、このようなイマジズムの美学にも響いている。

イマジズムの準備が行われている一方、従来の詩を踏襲するジョージアン詩人の側の運動も進んでいた。同じ一九一二年の秋にルパート・ブルックとエドワード・マーシュが当時の優れた作品を集めて詩選集の出版を企画していた。詩集の題名はジョージ五世の即位にちなんで『ジョージアン詩集』。マーシュはパウンドにも参加するよう求めたようだが、当然実現はしていない。また、ヴィクトリアン詩人の詩選集にもパウンドの作品は選ばれそうになったが、パウンドは掲載を拒絶している（Stock 123-4）。マーシュは初代の海軍長官であったウインストン・チャーチルの事務官を務め、文学の世界にも政治の世界にも通じていた。この詩選集は好評で、その後数年間続編が毎年出されている。詩の内容は慣習的であるとは言え、それが一定の評価を得れば得るだけ、前衛派の詩人たちは自分たちの力を誇示する必要を感じたことだろう。戦略的な意味合いにおいても、パウンドは自分の仲間の作品を印象付けられる名称を必要としていた。

一九一三年の『ポエトリー』一月号にはH. D. Imagistesという署名付きで彼女の作品と、オールディントンの作品が掲載された。同じ号でロンドンの詩の状況についてパウンドは概説している。文学の愛好家が「イマジズム」について耳にするようになるのは、この段階からだ。集団に属しているからといってイマジストたちは一つの理屈に縛られて書いているわけではないとパウンドはことわっている。理念をというより、新しい詩を模索するという気持を共有し、作品の長さは短めで、簡潔な表現を良しとした詩人たちがパウンドの周りに集まってきていた。自分がイマジストだと皆が自覚していたのではなく、パウンドが勝手にその名前をつけ、参加した詩人たちもまあその名前でよかろうと判断したのが現実であったようだ。そこでイマジズムのキーワードとされているのは、「表現の正確性」であった。

イマジストが反対しているのは、だらだら言葉を垂れ流している夥しい数の孤立した詩人たちだ。彼らは、短い詩を上手く書けるようになる以前に、あるいは良い一行を書けるようになる前に、長くて良い詩をかけると信じているらしい。

(Stock 127)

作品の長さにこだわらず、既存の詩形を使って主観的に思いを表現しようとする詩人たらに対し、イマジストたちはそのような主観から離れて、自由詩を用い、客観的な表現方法を追い求めていた。読者に一つのイメージをどれだけ強く喚起できるかが重要な課題となった。作品がオブジェとして自立する上で、作品の長さは短くとも、言葉の力を凝縮して表現する方法が試されていた。この傾向は、俳句や漢詩への関心へと結果的につながることになる。

同じ年の『ポエトリー』三月号では、イマジズム三原則を含むマニフェスト「イマジズム」がフリントの名前で発表され、それに続いてパウンドの「イマジズム――べからず集」があり、言葉と音の二つの側面から補足説明を行っている。このマニフェストは実はパウンドが書いたものをフリントの名前で発表させたことが明らかになっている。三原則の宣言に入る前に、自分たちの立場をまずフリントの口を借りてパウンドは説明している。イマジズムは後期印象派や未来派とは無関係であること。むしろそれは古典ギリシア・ローマ時代のサッフォーやカトゥルス、フランス中世のヴィヨンといった伝統の流れを汲む点で、革命的な宗派ではないと逆説的な説明を行っている。このような考えは、イマジズムを古典主義とする根拠だが、むしろ後期印象派、未来派、象徴主義とは関係がないことを強調する戦略であったことこそを忘れるべきではない。それに続いて、古典の作家たちにも共通するイマジズム三原則が謳われている。

一　主観的であれ、客観的であれ、「もの」を直接扱うこと
二　表現に貢献しない言葉は用いない
三　リズムについては、メトロノームのリズムではなく、音楽の調べで詩作すること　(Eliot 3)

二番目の項目は今まで述べてきたことと合致している。三番目については、定型詩のパターンを破り、自由詩の韻律を模索することを示している。一番目の内容は他の二つと比べると、説明不足にも感じる。余分な言葉を使わない、既存の詩形を用いないと理解するなら、二番目の内容と同じことを意味している。しかし、これについてはこの後で述べることになる新たな表現方法探究の問題とも関係している。さて、このマニフェストだけなら、何故イマジズムと名づけられたのかは了解できないだろう。

このマニフェストの次にある「べからず集」でパウンドはまずイメージの定義を行っている。マニフェストではその説明が行なわれていないのだから当然のことだろう。

「イメージ」は一瞬のうちに、知的レベル、感情のレベルで複合的な観念を提起する。ここで使った複合的な観念とはハートのような最新の心理学者が専門用語として使っている意味合いにお

いてである。但し、イマジスト誰もがそれについて意見が一致しているわけではない。この複合的な観念を瞬時に提起することで、突然解放されたような気持ちになる。時間と空間の束縛からの解放。優れた芸術作品に触れたときに感じることができる、突然成長するような感覚だ。

分厚い作品を残すより、一生の間に一つのイメージを提起することの方が好ましい。(Eliot 4)

これもイメージの概念を定義するものとしては不十分だろう。言いたいことは推測できるが、当時の心理学で使われていた用語であるなら、その学問的な説明を援用すべきだろう。しかしそれはなく、イメージとは偉大な芸術作品の中で出会うものだと一般論的な説明に流れていく。たとえば、ダンテの『神曲』に散見できるような印象に残る視覚的な描写を連想していいだろう。さらにイマジズムのメンバーたちが必ずしもこの見方に同意していないというのは気になる。

イマジズムが視覚形象の明確な表現を目指すものと理解されてきた理由は、上で引用したようなパウンドの説明に求められる。パウンド自身そのような誤解を生じさせかねないことを察知し、自分の主張するイメージについて具体例をあげてさらに説明を試みている。

派手な文章を書くのはやめておけ。そんなものは哲学的なエッセーを書く者にまかせておけ。叙述的であるな。君よりも画家のほうが風景を描くのには優れているし、それについてより多くのことを学ばなくてはならないのだから。

シェイクスピアの「朽ち葉色のマントをまとった夜明け」という表現には画家が表現できない

要素があることを忘れるな。描写と言われるものはこの言葉の中にはない。そこにあるのは表現そのものである。（Eliot 6）

派手な言い方をあえてするなら、パウンドの言うイメージとは、現実に存在する外の風景を言葉でなぞっただけの視覚的なイメージではなく、言葉に内在するイメージの喚起力を引き出すことにあった。言葉でしかできないような力を引き出すことがイマジズムの本質であったと言える。イメージとは一見視覚的、絵画的なものに思えるが、「朽ち葉色のマントをまとった夜明け」には言葉だから表現できる力がある。絵画での視覚的なイメージに対して、言葉でなければ作れない非現実の創像的イメージとでも名づけてみたくなる。イマジズムのモダニティはこの点に求めるべきである。パウンドが提唱した、音に重きを置くメロポエイア、視覚的イメージに重きを置くファノポエイア、もう一つ言葉遊びに見られるような言葉そのものの力に依拠するロゴポエイアとの関係で言うなら、パウンドの目指したイメージとはファノポエイアの働き同様にロゴポエイアの働きの上に成立するものであると思う。しかしこのことは充分説明されているとは言えない。パウンド本人も手探りの状態だったのではないかと思えて仕方がない。パウンドの言うイメージについては仲間のイマジストたちの理解も様々であったろうし、後にイマジズムを引き継いだエイミー・ローウェルはパウンドと同じようには理解していなかったろう。

イマジズムの運動と並行する形でパウンドはヴォーティシズム（渦巻主義）を提唱する。ヴォーティシズムはイマジズムを発展させたもので、イマジズムだけの運動に限界があったことを示している。一九一四年の『フォートナイトリー・レビュー』（現在は*Gaudier-Brzeska*に収録されている）で、ヴォーティシズムやイメージの働きと詩の言葉が目指すものを取り上げ、今までの自分の詩の考え方についてパウンドは振り返っている。このエッセーでは荒木田守武の俳句の紹介や、電気のスイッチを入れるとき「明かりを開ける」と表現した子どものエピソード、パリの地下鉄で見た情景を俳句風に表現したエピソードなどが印象深い。文脈をたどってみると、これらのエピソードはイマジズムと密接に関係している。

イマジズムと俳句が共有するもの

パウンドの俳句や能、漢詩への関心は十九世紀末からヨーロッパで起きたジャポニズム、東洋趣味とは性質が違う。詩を書く技法に専らそれは関係している。イマジズムを代表する作品「地下鉄の駅にて」を完成させるのには三年を要したとパウンドは告げている。俳句の考え方を知ることで、この作品をパウンドは完成させることができた。

人ごみに突然浮き出てくるいろいろな顔たち
黒く濡れた枝に咲く花びら
（PT 287）

一九一四年『フォートナイトリー・レビュー』にエッセーを書く三年前、パウンドがパリの地下鉄を降りたときの体験が元になってこの二行詩は完成した。地下鉄を降りたとき子どもや女性の美しい顔を目にし、その時の感情を言葉で表現しようとしたがすぐにはできなかった。夜その情景を考えながらの家への帰り道で、突然それを表現できる何かを思いついたとパウンドは述べている。

それは言葉ではなかった。言葉ではなく、小さな色の斑点だった。点はたくさんあったので、それは「パターン」だとも言えるだろう。それは言葉、私には色彩の言葉であった。（中略）私が絵描きで、そのような感情を絵筆と絵の具で描いたなら、新しい流派を作り出せると私には思えた。「非再現」的な絵画、色彩を配置することだけで表現するような絵画だ。（Pound 87）

地下鉄の駅でパウンドが感じたものは色彩で表現するのに適したものであった。それも具象的なものではなく、色彩に力点がある点ではマティスの絵を連想させる。パウンドは抽象派の画家たちの感性を共有し、それを言葉でどのようにしたら表現できるかを思い悩んでいた。地下鉄の階段を降りほの暗いプラットホームに立つと、その暗さを背景に人々の素敵な笑顔が、花が咲くように見えた。それは言葉ではなく、色彩で表すのに適していると考えたわけだ。数年後パウンドはそれを二行で表現した。できたと思った。

二十世紀初頭のロンドンで新しい芸術の理解者を見つけることは難しいことであったろう。なぜ難しいのかといえば、新しい芸術の背後にある考え方や感じ方を理解できる者は少数であるからだ。パウンドが直面している敵の一つはそのような人間の考え方であった。

つまりその人たちが楽しむことができるものは、楽しいものだと教え込まれたもの、甘ったるい言葉でもの書きが語ったことだけなのだ。グールモンの言葉を借りれば、「思考の殻」しか考えられないのだ。他の人たちが既に考えてくれたのが「思考の殻」である。（Pound 87）

地下鉄の駅でパウンドが感じたものは従来の言葉の使い方では表現しきれないものだった。新しい時代の感受性のあり方そのものを表現する方法を芸術家たちが求めていたことは言うまでもない。新しいものを受け入れられず、定型詩のように価値の定まったものしか認められない者たちへのパウンドの苛立ちは「詩篇 七」でも述べられている。

人間の姿をした、
中身が抜け、兜形をした水気のない抜け殻《ハスク》が
言葉の殼を喋っている、
椅子とテーブルに支えられ
バッタの抜け殻のような言葉を紡ぐのは精神を持たぬ者
それは死をまねく乾き
（CA 26）

パウンドは古典主義の立場にたったが、過去の権威にただしがみつくような精神を批判している。そのような精神では新しく生み出されるものを理解することもできなければ、その真価を認めることもできないからだ。パウンドが求めていたものは新しい時代の感じ方を表現できる新しい言葉のあり方だった。

グールモンからの引用に続き子どもが明かりのスイッチを入れたときのエピソード、俳句についての言及があり、地下鉄の二行詩の説明が行われる。これらの話題をつなぐキーワードとしてパウンドは「探求の言語」を使っている。

すべて詩の言葉は探求の言語だ。下手な文章が書かれるようになって、作家はイメージを飾りとして使いだした。イマジズムはイメージを飾りとして用いない。イメージ自体が言葉なのだ。イメージとは使い方の定まった言葉を越えたところにある言葉である。(Pound 88)

ここで言うイメージとは日常的に使われる言葉とは異なる創造的な詩的言語、あるいは心理や概念化のプロセスで発動する言葉の力と言い換えることができる。新たな表現方法を探る上で、パウンドがよりどころにしたのが言葉のイメージ化の働き、つまり言葉の創造的な力を引き出すこと、言葉が主体となってイメージを作ること、それらをイマジズムと名づけたわけだ。全て詩の言葉が探求の言語であるというのはイマジズムに限らないが、当人が納得のできる表現の仕方を追求することは詩人の務めである。良い詩とはそうやって書かれてきたものだろう。このような考え方が自由詩の存在理由であり、その後六〇年代にブラック・マウンテン派の詩人たちが主張した「オープン・フォーム」はそれを復活させたものでもある。

探求の言語についてパウンドは具体例を二つあげている。一つは小さな子ども、言葉をしゃべることができるようになった時期の子どもが、電灯のスイッチを入れるときに「お母さん、明かりを開けてもいい」と口にしたこと。これこそが探求の言葉であり、言葉を飾りとして使っていない点をパウンドは強調している。「スイッチを入れる」という言い方を知らない子どもにとって「開ける」は自分にとって、電気の明かりのイメージを表現できる言いかたであったろう。その子は自分の感覚に従ってこの表現を創造したのだ。

右に述べてきた言葉の探求に日本人は優れ、そういった種類の美を理解しているとパウンドは続ける。そこで取り上げられているのが、守武の俳句だった。

The fallen blossom flies back to its branch :
A butterfly.

十九世紀末から起こったジャポニズムブームの中、ドイツ語、フランス語、英語にたびたび翻訳され、ラフカディオ・ハーンのようなお雇い外国人たちが東洋の詩歌を紹介する書籍で何回かこの句の翻訳を行っている（佐藤 一四―一八）。パウンドの友人のフリントも『剣と華』という翻訳和歌集の書評でこの句を取り上げている。短い詩形であっても、暗示して連想させることをフリントは評価し、新たな詩のモデルと考えた。パウンドはフリント経由でこの句を知ったのだろう。一方パウンドは、落下する葉が蝶に変身するところに関心を持ったようだ。

この句の次にパウンドの知り合いの日本人海軍武官が雪道を歩いているときに作った句も紹介している。

The footsteps of the cat upon the snow :
(are like) plum-blossoms.

カッコは分かりやすくするために付け加えたとの断り書きがある。猫の句も守武の句も、あるものを別なものに置き換える見立ての句だ。ここでシェイクスピアの比喩を思い出して欲しい。「朽ち葉色のマントをまとった夜明け」、この表現も二つの句と同じ構造をしている。「朽ち葉色のマント」と「夜明け」、「落花する葉」と「蝶」、「猫の足跡」と「梅の花」、このように本来異質なもの同士を結びあわせることで、新たな言葉の力を引き出そうとしている。それはただ複数のイメージを漫然と並置させることを越え、複数のイメージがぶつかり合ってアウフヘーベンし、イメージ同士が新たな世界や空間、新たなものの感じ方を生み出すことを目指している。既に指摘されていたように、パウンドが俳句に見抜いた本質は、イメージの並置、重ねあわせにある。繰り返すが、詩を作る技法の点でパウンドは俳句に関心を持ち、それはジャポニズムによる俳句の受容とは一線を画している。このパウンドの発想を推し進めれば、コラージュやアサンブラージュの考えに及んでいく。

感じたままを表現できる言葉の探求の末、イメージの重ね合わせから得られる言葉の力を俳句に見て取ったパウンドは、地下鉄の駅で感じたものを表現する手がかりをつかんだ。

イメージの重置は地下鉄の駅で感じたままになっていた袋小路から抜け出す手がかりとなった。最初三十一行の詩を書いたが、それでは本当の感情を伝えられなかったので没にした。六カ月後その半分の長さにしてみた。さらに一年後、俳句に似ている二行になった。（中略）特定の感情を感じていなければ、「地下鉄の駅で」のような詩は意味をなさない。このような詩においては、客観的で外的なものが主観的で内的なものに瞬間的に変質する、まさにその瞬間を記録している。

（Pound 89）

パウンドが「探求の言語」と呼んだものは、子どもの原初的な言葉の使い方にも俳句にも発揮されている。自分の感じたものを再現するために、新たな言葉の可能性を切り開く表現をパウンドは求めていた。地下鉄の駅で感じたものを言葉で表現するには数年を要し、俳句を知ることでパウンドはそれを表現できると考えた。それを可能にしたものは、余分な説明を行わずに、複数のイメージを重ね合わせ、新たなイメージを創造する言葉の力にある。元々俳句の言葉は、そのトにある様々な過去の歌への言及や約束事なくして理解できないことをパウンドは直感していたのかもしれない。その問題に深入りすることは避け、外的なものが内的なものとぶつかり合い、視覚的なイメージが言葉の心理的なイメージと融合するダイナミックなプロセスを正面に押し出すことで、「探求の言語」をめぐる試論は完成した。「イマジズム」とも呼ばれるようになった「探求の言語」を求めるパウンドの詩論はこのエッセーが書かれた段階で完成している。新しい時代の感性を表現できる言葉、認識のプロセスを反映するような言語表現を求める旅の途中で、簡潔で余計な説明を必要としないイメージの重置を特徴とする俳句と出会い、自分が求めてきたもののヒントをパウンドはつかんでいる。それをイマジズム、あるいはヴォーティシズムと名づけている。

その後のイマジズム

『ジョージアン詩集』が好評でその後数年間続編が出版された事に対抗してであろうが、一九一五、一六と一七年には『イマジスト詩集』が出版されている。この頃にはイマジズムからパウンドの関心はヴォーティシズムに移り、この詩集の編集はエイミー・ローウェルが仕切るようになっていた。パウンドはこの時期のイマジズムはエイミー・ローウェルにより矮小化されたと考え、エイミジズムと呼んで揶揄している。当然パウンドはそれらの編集に全く関与していない。恐らく序文を執筆したのはパウンドと共に活動していたオールディントンやフリントだと予測できるが、そこにはパウンドのイマジズムに対する考えがある程度響いている。同時に、イマジストたちが戦ってきた当時の文化状況が浮かび上がってくる。一五年版の序文では、自由詩の定義があらためて説明されている。飾りとしての言葉を使わず、日常会話の言葉を使うこと。新たなリズムの創造。詩のテーマとして車や飛行機を選ぶ自由を持つこと。イメージを提示すること。ハードでクリアーな描き方をすること。最後に詩の本質は凝縮することをあげている（Jones 135）。現在の視点から見れば目新しいものではないが、当時はこれを受け入れる環境は整っていなかったし、賛同者が少なかったことは忘れるべきではない。ただ同時に、このような詩の言葉の支持者がその後増加したことも忘れるべきではないだろう。

一六年版『イマジスト詩集』の序文では、イマジズムが絵画的な表現を意味しないことが繰り返し強調されている。

イマジズムは単に言葉で絵を描くことを意味しない。イマジズムが示唆するのは主題ではなく表現の仕方なのだ。作家が表現したいことならどんなものであれ、明確に表現することを意味している。(Jones 136)

あっさりとした説明ではあるが、イマジズムの核心が作品の主題にではなく表現方法にある点について、パウンドの仲間の詩人たちもそれを十分理解していることに留意する必要があるだろう。但し、パウンドの念頭にあった「探究の言語」について、この序文では触れられてはいない。イマジズムを含めてパウンドのアイデアは方法論に関わるものが多い。それはものの見え方や感じ方をどのようにすれば誠実に表現できるかということでもある。このような問題意識は、リアリティを如何にして作品に取り込むかを探り始めた二十世紀のモダンな絵画、彫刻、音楽に共通した課題であった。パウンドたちイマジスト詩人はそのような視点から文学をとらえようとしていた。

イマジズムがイギリスやアメリカの評論家たちに無秩序で奇妙に映るには理由がある。彼らには現代芸術がたどり着いた道のりを容易に納得させることができないからだ。イマジズムの原型は、アメリカ文学やイギリス文学にではなく、ヨーロッパ文学にある。音楽ではドビュッシーやストラビンスキー、絵画ではゴーギャンやマティスが示すように、芸術が変化の時代に入ったことは明白である。音楽や絵画は普遍的な言語だから新しい表現への準備ができている。一方、言語における新しい表現を認識することは難しい。(Jones 137)

言葉は日常的意味から逃れることはできない故に、言葉を革新する実験は読者には伝わりにくい。しかしパウンドが行おうとしたことが、制度の中で使い古された言葉をもう一度新たな感覚でとらえ直し、言葉が意味を作り出す力を新鮮な視点からとらえ直すことだったと考えるなら、パウンドにとってイマジズムが目指したものは、二十世紀の新しい音楽や抽象絵画の実験と重なり合うことを忘れるべきではないだろう。使い古された意味の錘から言葉を解放する地点をイマジズムは目指していた。その後のアメリカ詩人たちがパウンドを評価した理由の主たる理由はここにあり、それこそ二十世紀以降に生まれた詩人たちが立ち返るべき出発点である。イマジズムとはその出発地点、その場所を示している。

引用文献

Eliot, T.S.（Ed.）*Literary Essays of Ezra Pound*. London: Faber, 1960.

Jones, Peter. *Imagist Poetry*. Harmondsworth: Penguin Books, 1972.

Paige, D.D.（Ed.）*The Letters of Ezra Pound: 1907-1941*. New York: New Directions, 1971.

Pound, Ezra. *Gaudier-Brzeska: A Memoir*. New York: New Directions, 1970.

Stock, Noel. *The Life of Ezra Pound*. San Francisco: North Point Press, 1982.

佐藤和夫『菜の花は移植できるか――比較文学的俳句論』桜風社、一九七八年

2 「死んだ芸術」は蘇るか

「ヒュー・セルウィン・モーバリー」瞥見

山内功一郎

「死んだ芸術」としての「モーバリー」

およそ今から半世紀前までは、エズラ・パウンドの代表作と言えば「ヒュー・セルウィン・モーバリー」だった。そう述べても過言ではないだろう。なにしろこれは、一九二八年にT・S・エリオットがパウンドの『選詩集』に付した序文中で「何はともあれ、わたしは「モーバリー」の価値については確信している」(xxiii)と絶賛した作品だし、一九三四年には批評家F・R・リーヴィスが「伝統的であると同時に個性的でもある、全体性を実現した大傑作」(Leavis 36)とのお墨付きを与えた作品でもあるのだから。傑作としての「モーバリー」と、問題作(あるいは失敗作)としての『詩篇』。しかしそのような「常識」は、やがて見事に崩れ去ってしまうことになる。その最大の要因は、パウンドの批判者たちではなく、理解者たちが「モーバリー」よりも『詩篇』を高く評価するようになったことではないだろうか。例えば強力なパウンド支持者の一人ドナルド・デイヴィは、一九六〇年代初頭に発表した論考中では「モーバリー」を概ね賞賛していたにもかかわらず、七〇年代には次のように述べている――「「モーバリー」は気取りが多すぎる。パウンドは技巧の枠を凝らして都会的に洗練された作品を書こうとしたが、所詮そんな洗練など彼には似合わなかったのだ」（Davie, *Ezra Pound* 53)。また、さらに手厳しい「モーバリー」批判として、マージョリー・パーロフの論考も挙げることができる。彼女によれば、「モーバリー」第一部第三篇は「予め規定したり意図したりして意味をこめた象徴を用いると、たいていの場合ろくな作品にはならない」（*GB* 86）というパウンド自身の定式にぴったり当てはまる駄作に過ぎないし、第一二篇における象徴もエリオットの「プルーフロック」や「女の肖像」における精妙な象徴と比べれば「ひどく単次元的な」（Perloff, *Poetics* 168）しろものでしかない。

これほどまでにデイヴィやパーロフが「モーバリー」を酷評するからには、当然ながらそれなりの理由がある。批評的傾向も着眼点もかなり異なる両者の見解を要約することは難しいが、敢えて言えば、彼らは共に非象徴主義的な実践をパウンド最大の美質として称揚しようとしているのだ。だからこそ、デイヴィは「ピサ詩篇」中で繰り返される「天国は人工的なものではない」というフレーズ中に「象徴主義の美学全体に対する意識的な挑戦」（Davie, *Studies* 153）を認めるのだし、パーロフは『詩篇』の「新たなモード」を説く際に「コラージュ（異なる要素をあからさまな文法的なつながりなしで対置する手法）」（Perloff, *Dance* 16）という概念を持ち出すことになる。詩が言語芸術である限り完全に象徴的な性格を棄て去ることができるわけではないにしても、少なくとも「象徴主義からの脱却」がパウンドの本質（とりわけ『詩篇』の本質）に迫る際に重要な視点を提供してくれる概念であることは、どうやら間違いなさそうである。

こうして「モーバリー」は、この連作をあまり高く買っていなかった節のあるパウンド自身のコメントどおり、「単に表面的」（*SL* 180）であり、「薄っぺらな」（qtd. in Hutchins 98）作品に過ぎないということになってしまった。もちろんこの烙印を消し去るための試みは、パーロフの発言以降も九〇年代から現在にかけて何人かの批評家たちによって為されてきたのだが、残念ながらあまり芳しい成果はあがっていない。[*1] それどころか、かつては「モーバリー」中の白眉と目されていた第一部末尾の詩篇「跋《エンヴォイ》」すら、二〇〇三年に発表されたヴィンセント・シェリーの論考によれば「パウンドが象徴する世代の失効した野心」を示す「失敗」(Sherry 146) にすぎないとされている。「モーバリー」自体の内に含まれるフレーズを用いて言えば、まさにこの連作詩篇は「死んだ芸術」の烙印を押されてしまったわけである。ならば、今それを「蘇らせ」る可能性は、わずかなりともありうるだろうか――当然のことながら、その答は作品中にしか見出されえない。

「モーバリー」瞥見

旧弊なイギリス詩壇に対して決別を告げるために一九二〇年に出版されたこの連作詩篇は、第一部一三篇と第二部五篇から構成されている。紙幅の関係上とても全篇に触れるわけにはいかないが、なにはともあれ、まず冒頭に配置された一篇「自らの墓を選ぶためのE・Pの褒歌《オード》」は紹介しておかねばならない。[*2]

三年の間、時代と調子はずれに
死んだ芸術、詩を蘇らせようとつとめた
昔ながらの崇高性を保持しようと。
初めから間違いだったが――

いや、そうとも言えない　時代遅れで
なかば野蛮な国に生まれたことを思うと
ドングリからユリを一心にもぎとろうとした
カパネウス、擬餌にかかるマスだ

「われらはトロイアにおけるすべての苦しみを知るゆえに――」
その歌声をふさがぬ耳に聞いて
岩礁がわずかに風向きをかえ
荒れた海が彼をとらえたあの年。

彼の本当のペネロペイアはフローベールだった。
かたくなな島々で彼は釣をした。
日時計に刻まれた格言よりも
むしろキルケーの優美な髪に見とれて。

「事の成りゆき」とも関わりなく
三十歳のとき、人々の
記憶から遠のいた　その事件は

ミューズの花冠《ダイアデム》に何ひとつ付け加えない。　（PT 549）

手始めに、タイトル中のフレーズ「E・Pの褒歌《オード》」に注目してみよう。明らかにそれは、音の遊びによって「エポード」（古代ギリシャの抒情詩的褒歌《オード》）を暗示しているのだが、それならば作品全体の末尾に付される終結部となるはずである。ところが、ご覧のとおり「モーバリー」ではそれが冒頭に置かれてしまっており、文字通り「初めから間違い」であることが暗示されている。この巧妙な仕掛けのおかげで、パウンドのペルソナ「E・P」の試み――「オシリスの四肢を集める」（SP 19）ことを標榜しつつ、古典詩の翻訳・翻案を通して現代詩の一新を図るというヒロイックな試み――が、時代の風潮とまったく合致しなかったことが示されているわけである。

それでは、この「時代と調子はずれ」なヒーローとは、いったい何者なのだろうか。それをつきとめようとする読者は、右に引いた詩行が「調子《キー》」のみでなく「手がかり《キー》」からも逸脱していく様子を目の当たりにすることになるだろう。なるほど「三年の間」というフレーズは、諸説はあるにしろ、パウンドがロンドンで過ごした期間中の約三年（おそらく一九一三年から一六年頃）を指していると考えられる。だが早くも二行目で「死んだ芸術、詩を蘇らせようとつとめた」という言いまわしが現れることにより、E・Pは「死せる詩」の蘇生を図ったとボッカチオに評されたあのダンテに擬せられる。ところが三行目の「昔ながらの崇高性」は、「精神の偉大性を響き渡らせるもの」として崇高性を称揚したロンギノスを思わせる。にもかかわらず、突然視線は「時代遅れで／なかば野蛮な国」へと移され、パウンド生誕の地アメリカを想起させる。だがこの伝記的な暗示の直後に引き合いに出されるのは、なんとギリシャ神話上の人物「カパネウス」、すなわちゼウスに歯向かったせいで雷光に打たれて果てた武将なのである——ざっとこのように我らがヒーローは、いくつもの手がかりをちらつかせながら、それらを遠慮なく置き去りにして読者の手をすり抜けていってしまう。

結局のところ、我々が手にする手がかりは「始めから間違い」なのか。それとも、「そうとも言えない」のか。そんな読者の逡巡を尻目に、詩中の「彼」が智謀に富めるオデュッセウスの相貌を宿すのは、当然といえば当然であろう。ただしこの点にも注意が必要だ。なぜならば、このオデュッセウスすら、実はできそこないだからである。本来ホメロスの『オデュッセイア』のヒーローは、幾多の困難を怜悧な知力によって切り抜けて、ちゃんと愛妻ペネロペイアの待つ故国イタケーへと到着する存在だ。ところがご覧の通り、我らが「モーバリー」に登場するオデュッセウスまがいの人物は、「真のペネロペイア」たるフローベールの「適正な言葉《モ・ジュスト》」を手中にすることもかなわず、「ミューズの花冠に何ひとつ付け加えない」最期を遂げることになってしまう。まさに彼は、「エポード」を冒頭に配してしまうような倒錯的な詩形にふさわしい、オデュッセウスくずれにほかならない。

E・P、ダンテ、ロンギノス、カパネウス、そしてオデュッセウス——それらのどれでもありうると同時に、どれにもなりきれない詩中の「彼」。そんなヒーローに注がれるこの詩の書き手パウンドのまなざしに、皮肉を感じないわけにはいかない。事実、そのような視点は、第一部第七篇中の以下の詩行においても確認されうる。

「シエナが我を作り、マレンマが我を毀《こぼ》たった」

塩水につかった胎児や壜づめの屍体のあいだで
カタログを完全にする仕事についている、
ストラスブルグの上院議員の末裔をわたしは見つけた
彼はヴェロッグ氏といった

二時間ばかりガリフェ将軍のことや
ダウスンや詩人《ライマーズ》クラブのことを話してくれた
ライオネル・ジョンソンがどのように
パブの高い腰掛《スツール》けから落ちて死んだかを

けれども仲間うちで行われた検死では
アルコールの気もまるでなく
組織も保たれていた――彼の純粋な心は
温められたウィスキーのようにニューマンに向って立ち昇った

ダウスンはホテルより娼婦の方が安上がりなのに気づき
ヘッドラム牧師は高揚のため、セルウィン・イメージは
酒神《バッカス》と歌舞の神《テルプシコラー》と教会に公平に熱中したと

『ドリアン・ムード』の著者は語った

ヴェロッグ氏は十年も時代と足並みがあわず
同時代人からは孤立し
若い世代からは無視されてきた
それもこんな夢想ゆえだった

（PT 553）

引用冒頭の一行は、ダンテの「煉獄篇」の第五歌より。夫のさしがねで高塔から突き落とされて殺害されたらしいピーアという女の魂が、煉獄を訪れたダンテを相手に語るセリフである。自分に縁のある地名などわざわざ口走っているのは、いずれ現世に戻るダンテが土地の者たちに供養を促すことを期待しているからだ。当然この期待は、オデュッセウスが冥府で出くわす不慮の死を遂げた亡霊たちが、名誉ある埋葬を求めることと呼応することになる。とりわけその点では、オデュッセウスの部下エルペーノルのことが想起されるだろう。キルケーの館で泥酔したおかげで、梯子を踏み外し頸骨を折って死亡した哀れなエルペーノルは、右の引用では「パブの高い腰掛け《スツール》から落ちて死んだ」ライオネル・ジョンソン[*3]の姿によって再現されている。一方、同じく酩酊した末にキルケーによって豚に変えられたエルペーノルの僚友たちはと言えば、彼らは色香に迷ったダウスンや、酒宴の高揚と宗教的情熱を混同したセルウィン・イメージなどの姿へと化しているわけである。

こういった例からも察せられるように、『神曲』の舞台立てを利用することから始まるこの詩篇では、かなり巧みに『オデュッセイア』の情景が読みこまれている。そしてその大筋は、オデュッセウス／ダンテばりに聞き手の役割を担う若き詩人モーバリーが、エルペーノル／ピーアばりに饒舌なヴェロッグ老人の昔話を仲介することによって展開されているといえるだろう。もちろん、そんな役目を引き受けているモーバリーは、ヴェロッグに対して幻滅を覚えている。なにしろ彼にしてみれば、元「詩人クラブ《ライマーズ》」の老人も彼の語るかつての盟友たちも、所詮「壜づめの屍体」にすぎないのだから。

しかしながら我々は、実はとりわけ辛辣な皮肉が末尾四行に秘められている点にも留意しておかねばなるまい。と言うのも、「時代と足並みがあわ」ないおかげで「若い世代からは無視され」るヴェロッグの末路は、「モーバリー」冒頭の詩篇において「時代から調子はずれ」だったために「人々の／記憶から遠の」いていくことが確認された「E・P」の末路と、明らかに呼応しているからである。かくして、それまでまがりなりにもオデュッセウスの体面を守っていたパウンドの分身モーバリーも、ここでエルペーノルの冴えない表情を浮かべずにはいられなくなってしまう。しかもこの皮肉は、イマジスト風の審美主義者モーバリーの退廃ぶりを揶揄する第二部第二篇において、いっそう強まるのである。

覚えもなく見開いた眼を向けたが
彼は広いしまのある虹彩と
間隔の開いた眼に暗示される
ボッティチェリの切り花を見逃した
(PT 559)

感覚的愉楽に惑溺する詩人モーバリーの目はほとんど節穴に等しいので、美の真髄たる「ボッティチェリの切り花」（名画「ヴィーナスの誕生」を暗示）を見逃してしまう。それをパウンドが皮肉っていることは、論証するまでもあるまい。ふたたび『オデュッセイア』になぞらえて言うならば、さしづめここでのモーバリーの役回りは、航海の途中でオデュッセウスが出くわす厭世的享楽主義者「食蓮人《ロートパゴイ》」*4あたりになるだろうか。

ただし公平を期すために付け加えるが、そのような耽美派詩人の零落ぶりを描き出しているこの詩行自体は、なかなか高密度な意味を充填している。たとえば、「広いしまのある虹彩」というフレーズ。原文ではこれは"The wide-banded irides"であり、「広いしま模様のアイリスの花」や「幅の広い帯を身にまとった虹の女神イーリス」なども示している。言わば「虹彩」（irides）が多彩な連想の「きらめき」（iridescence）を放ち、微視的な眼の虹彩から巨視的な虹の広がりまでを一挙に開示しているのである。しかもこのきらめきは、一フレーズのみにとどまらない。一行目の「見開いた眼」（full gaze）のイメージは、見逃してしまったはずの虹彩のイメージと明らかに反響しているし、さらに「間隔の開いた眼」という謎めいたイメージとも共鳴している。それに、この「間隔」という言葉自体も原文では"diastasis"であり、「時の狭間」を暗示しているのである。ちなみにこれはパウンドが通じていたプロティノスの用語でもあり、基本的には「人間の魂が全一的な永遠性から堕落する際に経験する断片的な時制」（Russell 47）を意味している。したがってこの連想は、この詩篇において退廃詩人モーバリーがすんでのところで美の真髄を取り逃がしてしまう挫折の瞬間と結びつくわけである。このように詩中の各要素が放つきらめきによって惹き起こされる精妙な意味の反射は、パウンドがロゴポエイアと呼んだ「言葉と言葉の間で生じる知性の舞踏」（*LE* 25）

を垣間見せているとさえ言えるだろう。
にもかかわらず、ふたたび我々の視線をモーバリーというペルソナの運命に定め直したうえで述べるならば、挫折はあくまでも挫折である。そしてこの認識は、第二部第四篇中のくだりにおいて、いよいよ決定的な段階に至る。

太平洋を航海する小舟《コラクル》
予測できない浜辺
そして一本のオールのうえには
こう書いてある

「わたしは存在していた
そしてもはや不在である
ここに漂着したのは
一人の快楽主義者《ヘドニスト》だ」

（PT 562）

パウンドの『詩篇』冒頭でも言及されているように、『オデュッセイア』中で冥府へ向かうオデュッセウスたちが乗りこむのは、堂々たる「黒塗りの船」である。しかし生憎モーバリーには、一人用のちっぽけな「小舟《コラクル》」が与えられているのみだ。それでも辛うじて「予測できない浜辺」に至るところなどは、未知なるものとの遭遇に満ちた『詩篇』における「沿岸航海《ペリプルム》*5」を思わせるだろうか？　だがたとえば、「詩篇　七四」における「偉大な沿岸航海」（CA 439）が太陽神ヘリオスの統べる勇壮な「道《プロセス》」＊6であるのと比べると、モーバリーの漂着は快楽にふけるあまり方途を見失った結果の難破に過ぎない。やはりとてもとても、「偉大」な話とは言えまい。それを裏付けているのが、「一本のオール」云々というくだりだろう。この部分も、後に「詩篇　一」中に現れる次のようなエルペーノルのセリフを踏まえている――「だが王よ、嘆かれも葬られもしなかったこのわたしをおぼえて／どうかわたしの武具を積み、海辺に塚を作り、こう刻んでください／不運にして、ただ未来に名をもてる者／そしてまた、仲間と共に漕いだわたしのオールを、そこに立ててくださるように」（CA 4）。こうしてモーバリーは、「快楽主義者《ヘドニスト》」という不運な称号を、未来永劫刻印されることになってしまった。我らがヒーローは、エルペーノルという正真正銘のアンチヒーローと完全に同化することになったのだから、もはや皮肉もここに極まったと見ていいだろう。

「死んだ芸術」は蘇るか

さて、ごく大摑みにではあるが「モーバリー」中の数篇を眺めてきたことを顧みつつ、ふたたび当初の問題に立ち戻ることにしてみよう。この「死んだ芸術」に、蘇生の可能性はあるのか。『詩篇』を始めとする代表作を凌駕するパウンドの一大傑作として、この連作詩篇が再評価される可能性はあるのだろうか。答は、もちろん（とさっそく記すのはいささか残念な気もするが）否である。現代芸術の革新者を自認した意気軒昂なE・Pは、フローベールをペネロペイアに見立てる志こそ、確かにご立派だった。しかし「事の成りゆき」に無神経なあまり、同時代の社会に対する認識が決定的に欠落していたために、まだ「三十歳」の若さで人々に忘れ去られてしまう羽目になる。一方、退廃的唯美論者のカリカチュアたるモーバリーはと言うと、これはもう論外である。審美主義者＝快楽主義者＝破滅主義者の定式を地で行くその行状のおかげで、臨終間際にはほとんど昏睡状態に近い分裂した意識しかもてなくなってしまうのだから。もちろんE・Pにしてもモーバリーにしても、パウンド自身の痛苦に満ちた体験（第一次大戦における才能ある友人たちの戦死）や「読みやすく訳した古典より／虚偽の方を好む」（PT 550）キッチュな時代との桎梏を各所で体現しているから、二人は必ずしも「単に表面的」で「薄っぺら」なペルソナだというわけではない。しかしあくまでも大筋から言えば、彼らはオデュッセウスくずれから正真正銘のエルペーノルへと至るプロセス中の存在であり、最初からパウンドが遠慮なく葬り去ることを予定したうえで登用した試験サンプル的なキャラクターたちだったのではないだろうか。だとすれば、「モーバリー」という作品自体が、どこか試験サンプルめいてくるのも無理はない。

こういった例と比べると、『詩篇』に登場するキャラクターたちの魅力は、ずっと実質を伴っている。試みに「詩篇　八三」からの数行を引いてみよう。[*7]

　　あの幼児は降りていった
　　テントの屋根の泥から大地《テルス》へと
　自分と同じ色をした葉のあいだをわけて
　地下《クソノス》に住むひとびとに告げにいったのだ　大地《クソノス》
大地へ　われわれのニュースを知らせるために
　　大地へ　地下に住むひとびとに

大気から生まれ
コーレの　　　　　ペルセポネーのあずまやで歌を歌い
テーバイのひと、ティレシアースと言葉を交わすのだ
（CA 547）

ご覧のとおり、既に我々が眺めた「モーバリー」第一部第七篇と同様に冥府降りを踏まえた詩行だが、その結果はあまりにも対照的だ。冥府について言えば、「モーバリー」ではそこはフォルマリン漬けの屍体だらけの陰気な空間だったのに対して、『詩篇』では「あの幼児」（具体的には蜂の幼虫）が滋養を得ることができる豊穣な空間へと転化されている。しかも驚くべきことに、「モーバリー」中の「わたし」はヴェロッグの辛気臭い昔話を聞くことしかできなかったのだが、『詩篇』の「幼児」は予言者ティレシアースと対等に「言葉を交わす」のみならず、なんと自分から「地下に住《クソノス》むひとびと」に「われわれのニュース」を告げに行ってしまうのである。こうなってくると、もうこの「幼児」はその能動性においてオデュッセウスすら遥かに凌駕しているから、冥府降りの舞台立て自体を一新しているとも考えられるだろう。このような超冥府降りの大技と比べれば、「モーバリー」中に見受けられるいくばくかの美点など、せいぜい小技程度のものにすぎない。

ならば、やはり「死んだ芸術」には、まったく蘇る余地がないのだろうか。しかしわたしは、そう言い切ってしまうこともできないと思う。まさか『詩篇』を凌ぐとまでは言わぬまでも、小技は小技なりにある程度の価値を認めていいはずではないか。確かに本稿冒頭で紹介した『詩篇』支持者たちが糾弾しているように、「モーバリー」には陳腐な象徴主義風の側面もあることはある。だが瞥見で確認したとおり、そういった側面を皮肉に嘲笑しつつ切り捨てていく側面もまた、この作品

の随所において見受けられるのだ。特に連作冒頭に「エポード」を配して、最初からわざと竜頭蛇尾のアンチヒロイックなからくりを仮構してみせたところなどは、現在の視点から見ても心憎い限りである。やや深読みすれば、このからくりは、『詩篇』を船出させた強烈なヒロイズムが後に深刻な挫折に至ることを予見していたとさえ言えるかもしれない。「詩篇 八一」中のフレーズ「おまえが深く愛するものこそおまえの真の遺産だ」（CA 534）に集約される、挫折からの劇的再生を予見していたとまでは、さすがに言えないにしても。

というわけで、件《くだん》の「死んだ芸術」もある程度ならなんとか蘇生可能、というのが本稿の結論になりそうである。ただしそれでも、その「ある程度」とは厳密にはいったい「どの程度」なのだろうかという疑問は、依然として残るかもしれない。本稿程度の小論ではとてもその答までは突き止められないものの、少なくともそのヒントは、最近では必ずしも評価が芳しくない「跋《エンヴォイ》」中の数行に秘められているようだ――

永らえよとわたしが命じると
魔法の琥珀のうちに置かれたバラが
オレンジ色におおわれてもなお赤く
すべてをひとつの物質、ひとつの色に変え
時に挑む。
（PT 557）

この「魔法の琥珀のうちに置かれたバラ」を、過酷な時の変化に抗う永遠の美と見るか。それとも、多少見てくれはよくても本質的には「壜づめの屍体」と等しい死と見るか。そのいずれかの解釈にどれだけの比重を置くかによって、我々一人一人の「モーバリー」は、まだまだ生きもすれば死にもすることになるのである。

注

＊1　パーロフ以降の論考としては、Vincent Millerの "Mauberley and His Critics" や、Thomas F. Grieveの "Pound's Other Homage: Hugh Selwyn Mauberley" 等を参照。

＊2　「ヒュー・セルウィン・モーバリー」の和訳は、城戸朱理氏による既訳に基づく。ただし、訳文を一部変更させていただいたことをお断りしておく。

＊3　Lionel Johnson（1867-1902）は、「詩人クラブ《ライマーズ》」（1890-91）のメンバーの一人。続いて登場するErnest Dowson（1867-1900）、Selwyn Image（1849-1930）や、VerogのモデルVictor Plarr（1863-1929）等も、同クラブのメンバーだった。

＊4　ホメロスの『オデュッセイア』第九巻を参照。なお「食蓮人《ロートパゴイ》」の連想は、パウンドの『詩篇』中（*CA* 93-94）でも展開されている。

＊5　地図上に示された既知の情報に依存せず、むしろ実際に海を行く船乗りが海岸地帯の特徴を一つ一つ捉えていく過程を重んじる探査法。本文中で触れた「詩篇　七四」の他に、「詩篇　四〇」（古代カルタゴの航海者ハンノーによる『ハンノーの沿岸航海』からの引用を含む）等も参照。

＊6　「道《プロセス》」は、パウンドの孔子理解を示す概念の一つ。四書の『中庸』の冒頭部を、パウンドは以下のように訳している――「天が配し定めたものは、本性と呼ばれる。この本性の具体化が、「道《プロセス》」と呼ばれるのである（…）一瞬たりとも、人はこの道《プロセス》から離れることはない。離れられるものは、道《プロセス》ではない」（*Confucius* 99-101）。なおヒュー・ケナーは、道教における「道《タオ》」の要素も『詩篇』中に見て取れると指摘している（Kenner 455-57）。

＊7　『ピサ詩篇』の和訳は、新倉俊一氏による既訳からの抜粋である。

引用文献

Davie, Donald. “Ezra Pound’s *Hugh Selwyn Mauberley.*” *A Guide to English Literature* 7. Ed. Boris Ford. London: Penguin Books, 1961. 315-29.

———. *Ezra Pound.* New York: Viking, 1975.

———. *Studies in Ezra Pound.* Manchester: Carcanet, 1991.

Eliot, T. S. “Introduction.” *Selected Poems of Ezra Pound.* London: Faber, 1928. vii-xxv.

Grieve, Thomas F. “Pound’s Other Homage: *Hugh Selwyn Mauberley.*” *Paideuma* 27. 1 （1998） 9-30.

Hutchins, Patricia. “Ezra Pound and Thomas Hardy.” *Southern Review* 4 (1968): 90-104.

Kenner, Hugh. *The Pound Era.* London: Faber, 1971.

Miller, Vincent. “Mauberley and His Critics.” *ELH* 57 (1990): 961-76.

Leavis, F. R. “Ezra Pound.” *Ezra Pound: A Collection of Critical Essays.* Ed.Walter Sutton. New Jersey: Prentice-Hall, 1963. 26-40.

Perloff, Marjorie. *The Dance of the Intellect: Studies in the Poetry of the Pound Tradition.* Illinois: Northwestern UP,1985.

———. *The Poetics of Indeterminacy: Rimbaud to Cage.* Illinois: Northwestern UP, 1981.

Pound, Ezra. *Confucius : The Great Digest, The Unwobbling Pivot, The Analects.* New York : New Directions, 1951.

———. *Gaudie-Brzeska:A Memoir.* New York: New Directions, 1970. ［*GB*］

———. *Literary Essays of Ezra Pound.* Ed. T. S. Eliot . New York: New Directions, 1954. ［*LE*］

———. *Selected Letters of Ezra Pound, 1907-1941.* Ed. D. D. Paige. New York: New Directions, 1971. ［*SL*］

——. *Selected Prose 1909-1965*. Ed. William Cookson. London: Faber, 1973. [*SP*]
Russell, Robert John. "Time in Eternity: Special Relativity and Eschatology." *Dialog: A Journal of Theology* 39. 1 (2000): 46-55.
Sherry, Vincent. *The Great War and the Language of Modernism*. New York: Oxford UP, 2003.
城戸朱理編訳『パウンド詩集』思潮社、一九九八年
新倉俊一訳『ピサ詩篇』みすず書房、二〇〇四年

3
「半透明」な変身

『キャセイ』の感傷なき抒情

岩原康夫

I

エズラ・パウンドは、一九一五年四月に十四の中国詩の訳に古いアングロ・サクソンの詩「海の男たち」の現代語訳（一九一二年の『突き返し』のリプリント）を加えて、小冊子の形で『キャセイ』をエルキン・マシューズから出版した。そして、翌年に『大祓』の一部として同名の小題をつけて、前者にあった「海の男たち」を削除し、新たに四つの訳を加えて再掲載した。それ以後のパウンドの詩選集で「キャセイ」が所収されたものは、すべて後者の作品数を踏襲している。このような若干の書誌学的な違いはあるが、これらの訳詩がいずれも一九〇八年に亡くなったアーネスト・フェノロサの遺稿をもとにしている点では変わりない。

パウンドが遺稿を入手するようになったのは、フェノロサの未亡人メアリーが夫の『東アジア美術史概説』の出版で一九一三年にロンドンを訪れた折に、パウンドと会い、その遺稿を委託したからである。その遺稿は、夫人のロンドン滞在中とアメリカ帰国後に、数回に分けて、一九一三年の暮れ頃までに送付されたものと推定されるが、それには能と漢詩の訳、および「詩の媒体としての漢字考」などが含まれていた。ほとんどは、ノートに書かれたものであり、中国詩関係のノートは全部で八冊であった（*KPE* 198）。当初パウンドがもっとも強い関心を示したのは、漢詩の、つまり中国詩関係の遺稿であり、それこそが遺稿を引き受けた強い動機であった。パウンドは、当然中国詩関係の遺稿から翻訳を開始しようとしたが、アメリカに戻ったフェノロサ未亡人から手紙で能の翻訳を優先するように求められたので、[*1] 不本意ながら、能の翻訳から始めることになり、まず「錦木」を訳し、その後も未亡人との約束を守って、ある一定量の能翻訳を行った。そして、一九一四年の秋と冬の間に中国詩の翻訳に取り組んだ。パウンドは、この頃フェノロサの中国詩に「夢中であった」（*CSC* 265）と言われている。もともと執筆の速かったパウンドがかなり意気込んで、中国詩の翻訳を仕上げたものと思われる。

そのようにして出版された『キャセイ』は、まちがいなくパウンドの詩人としての才能を証明する訳詩集であり、出版された当時から書評を含め好評であった。よく引用される文章であるが、T・S・エリオットは、「パウンドはわれわれの時代の中国詩の創造者」であり、「中国詩は、今日われわれが知っているように、エズラ・パウンドが創造したものと言えるほど多くのものがあり」、「現代の英詩を豊かにした」（*ESP* 14-15）と称賛している。またフォード・マドックス・フォードは、「『キャセイ』の詩は、最高の美しさをそなえたものである。詩のあるべき姿があるとするなら、それこそまさにこれだ。もしも新しい息吹のあるイメージや方法によってわれわれの詩に何かをなし得るとするなら、その息吹はこれらの詩によってもたらされて」おり、「これらがパウンド氏自身のオリジナルな詩であれば、同氏は現代の最大の詩人だろう」（*ECC* 180-81）と述べている。このような評価は、「新しい明確な旋律を達成した自由詩」（*KPE* 203）と述べたヒュー・ケナーなどにも当然受け継がれているのだが、そのような磁力を発するのは『キャセイ』が「半透明」（PSP 15）な変身を遂げたモダンな訳詩集であるからだろう。そこで、この訳詩集の実験性や翻訳の問題などを含めて、パウンドのイマジズムでとかく見落とされがちな抒情性の問題を中心に考察し、そこに用いられているモダンな方法を探ってみたい。

2

『キャセイ』は、フェノロサの遺稿をもとに訳された詩集であるが、パウンドは遺稿を手にする前から、すでに中国詩に関心を抱いていた。というのは、『ピサ詩篇』の中でも何度か歌われているジョン・アップワードと知り合い、彼からH・A・ジャイルズの『中国文学史』（一九〇一年）の存在を教えられていたからである。両者の関係は、一九一三年代半ば頃から急速に深まり、パウンドはアップワードの「中国の瓶から生まれた香ばしい葉」という作品を『ポエトリー』誌や自ら編集した『イマジスト詩人選集』に掲載したり、また彼の『聖なる神秘』という著作を書評したりしている。アップワードとの出会いこそ、パウンドが中国詩だけでなく、孔子やその思想に関心を抱くようになった契機であった。実際パウンドはフェノロサの遺稿に取り組む前に、ジャイルズの『文学史』の訳を使って、イマジズムの考えに基づく翻案とも創造的翻訳とも言える実験を行った。それらが「孔子にならいて」、「劉徹」、「扇の歌――皇帝に捧げる」、「採薇」などの作品である。その実例をまず「扇の歌――皇帝に捧げる」に見てみたい。

草の葉に降りた霜のように清らかな、

ああ、白い絹の扇よ、
お前もいまは放っておかれる。（PT 286）

これは、ジャイルズの『文学史』では十行になっている作品である。「ああ、機から織られたばかりの、霜のように清らかで、／冬の雪のように輝く、白く美しい絹の扇よ、／いいわね、お前がわたしの仲間。／天上に輝くまるいお月様のようにまるいお前が／家ではどこでも近しいお友だち。／動かすたびに心地よい微風を起こしてくれるお前がね。／でも、わたしは、わたしは、心配なの、／夏が終わり、烈しい暑さが秋風に冷やされるようになれば、／お前は棚に放っておかれるようになるのではないかと。／過ぎ去った日々のように、みな二度と戻らぬ思いだけ。」（*GHC* 101）

この詩が扱っているのは、皇帝や君主の寵愛を失った女性を歌う中国詩の伝統的なモチーフ（「楽府題」という）であり、それを無用になった絹の扇によってアナロジーしているわけであるが、二つの訳の詩的な凝縮の違いは一目瞭然である。パウンドは、ぎりぎりまで圧縮した省略の余白によって、つまり題名と詩句のイメージだけで、見捨てられた女性の美しさや時の流れや変わりやすい情愛や孤独感などを暗示している。その言外の意味は、心のドラマとして抒情性にまで至っている。これこそパウンドが中国詩に触れることで発見した新しい方法なのである。「扇の歌」をはじめとする四つの作品を眺めると、どれも「地下鉄の駅で」のようなイマジスティックな短詩であり、中には「重置形式」を使った「劉徹」のような作品もあるが、それらはみなイメージが繊細な抒情性と強く結びついている点でメトロの詩とは異なる。パウンドは、「扇の歌」のように、イメージの新しい機能を使って、短詩の構造が持つ“Less is more”の逆説の詩的な機能を抒情的な暗示性にまで拡大したのである。その意味で、パウンドは、フェノロサの遺稿に取り組む前に、中国詩が持つイメージと抒情の融合を繊細な感受性で行っており、新しいタイプの抒情詩を実験していたと言える。「扇の歌」に見られるような"Less is more"の省略の手法がパウンドのイマジズムの主要な問題の一つであったことは、パウンドの評論の随所に見受けられる。彼にとって、優れた詩は、詩人が「完全に制御した」形で「自らが意味したことを述べ」、しかもそれを「出来る限り最小限の語数」で「十分な明確さと簡潔さ」（*PLE* 50）をもって表現したものであった。この正統な詩の理想は、「最大限の効率性を持った表現」で、詩人が「自ら関心のある問題をこれ以上効果的には二度と言えないようなやり方で表現」することであり、それはまた「発見という行為に関連するもの」であった。というのは、「生そのものにしろ表現手段にしろ、何かを発見している」（*PLE* 56）のが芸術家の役割だからだ。パウンドのイメージの強調も、「イマジストの禁止事項」で主張したことも、「装飾的な」または「修辞的な」表現を拒絶したのも、みな同じ考えから生まれている。このようなイマジズムの教義の発展的な延長線上に、『キャセイ』の比較的短い詩である「美しい化粧」や「玉階の怨み」などは位置している。

例えば、「美しい化粧」は、もと娼家にいた女が毎夜酔って外出するような「飲んだくれ」の男の妻になり、「若い身空」で空閨を守る侘しい孤独な生活を強いられているが、そんな彼女がある日「白く化粧をして」ためらいながら、家の外に出ようとする様子を描いたものである。主人公をそのような行動に駆り立てるものには、森鷗外の「雁」の吝嗇な高利貸しに囲われている妾の主人公が、若い大学生に思いを寄せる微妙な孤独感や心理に通じるものがあるが、その孤独感や心理は何も直接的に語られず、抑制の効いた映画のショットのようなイメージと簡明な叙述によって、間接的に伝えられている。パウンドは、「中国人は考えなければならないような詩、更には頭を使って悩まなければならないような詩さえも好きである」(PPC 85)と言っているが、表面的には一見単純明快そうな意味を伝えるようでいて、その明確さの背後に逆に謎を残し、複雑な心理や感情の綾を隠しているのである。だから、この詩から女性の孤独感だけでなく、悲しみや悔恨や解放の欲求や抑圧された性の衝動のようなものさえも読みとっていいのである。そのような意味で、この作品は、一つの映画にも、小説にもなり得るものを、瞬間的な時間の中に極めてリアルな心の動きとして集約し、啓示しているのである。

このような手法は、「玉階の怨み」にも当てはまる。「玉階怨」と題される原詩は、李白の作であるが、それはすでに触れた「扇の歌——皇帝に捧げる」と同じように、宮廷で暮らす見捨てられた女性の物語りである。

宝石をちりばめた階段は露をおいてすでに白く、
夜も更け、薄絹の靴下は露にしとど濡れ、
わたしは水晶の帳をおろし、
澄みわたる秋空の月を眺める。

(PT 252)

この作品には、パウンド自身が詳しい注釈を付加しているが、その焦点は宮廷の女性が「怨み辛みを直接的に口にせず、言外に含ませている」(EPP 252)と結論づけているところにある。パウンドの説明に沿って考えると、宮廷の女性が逢い引きの場所に先に来て相手の男性を待っているのだが、当の相手は現れず、待ちぼうけをくい、水晶の玉すだれの中で澄明な月を眺めながら、みじめな思いを噛みしめるというのである。実はこの作品について、パウンドは強い思い入れがあったとみえて、ほぼ同じような解説と分析を三年後にも行っているが、その中でこの詩には「単に暗示によってだけでなく、約分のような数学的処理によってあらゆるものが存在する」（PPC 85）と述べている。「約分のような数学的処理」の意味は、おそらく精密な詩的凝縮性を意味していると思われるが、読者が「お好みなら、コナン・ドイルのような謎解きの役をやることができる」（PPC 85）詩とも、「こういった曖昧な詩」（PPC 86）とも言っており、ここでもパウンドは「考えなければならないような詩」を追求していたことが分かる。それは、表向きはエモーションをじかに扱っていないのに、「言外に含ませる」ことで、まさに数学の約分の解のように、傷ついた女性の怨みが伝わるというのであろう。このような手法は、アンダーステイトメントと呼んでいいのであろうが、パウンドが求めていた詩の抒情性とは、散文的な明確さによって逆に詩の意図を微妙な曖昧さの中に隠し、読者の想像力や感受性を試みるような問いを含んだエモーションなのである。言うまでもなく、そこにはパウンド自身の繊細な感受性と数学的なまでに緻密な技術がある。このように見てくると、パウンドは、『キャセイ』の中で、「扇の歌」などの"Less is more"の省略の手法をより緊密な凝縮やアンダーステイトメントの方法にまで推し進め、精巧なイメージと簡明な散文的叙述で、エモーションの方程式のような新しい抒情詩の可能性を探っていたように思われる。

3

『キャセイ』の翻訳に取り組んでいた前後のパウンドは、イマジズム、そして加速化したイマジズムと呼んでよいヴォーティシズムに関係しており、彼が頻りに新しい手法を求め、その実験的試みを行っていた時期である。ヴォーティシズムの仲間であるウィンダム・ルイスは、「自分のグループの人々がパウンドに対して抱いたもっとも強い印象は」、ヴォーティシストとして「その激烈な宣伝家の言葉の割りには、自らの詩という芸術媒体でまったく実験的な試みを伴って」おらず、ただ「中国の爆竹」つまり中国詩の訳を「提供した」だけである（*LTWM* 55）と皮肉を述べているが、これは誤りであって、グループの雑誌『ブラースト』に載った「瞑想」のように散文の明確さを用いて、故意に曖昧な風刺の作品を創作したり、または能の影響下で、ベルトラン・ド・ボルンを材料に、「一つのイメージ」によって人間の動機の純粋性や心理学的な問題を探った「ペリゴール近くで」のような作品に取り組んだりしている。当時のパウンドは、何か新しい技法や形式を発見すると、ほとんど必ずと言っていいほど自らの詩作の実験対象にしており、彼が「中国は根源的だ」とか、「中国は堅固なものだ」（*PEL* 102）と言った時、中国詩に対する強いコミットメントを表明したのである。

このような観点から、『キャセイ』の翻訳とフェノロサの遺稿の関係を考えてみると、遺稿の状態はまさにパウンドの詩作の実験材料にふさわしいものであったことが分かる。遺稿とパウンド訳の関係については、すでに詳細な研究がヒュー・ケナー、児玉実英、高田美一などの遺稿の翻刻によってなされているので、高田美一の「玉階の怨み」の翻刻[*2]を直接見て頂きたいが、それを一口で言えば、フェノロサの遺稿はジャイルズの訳などとも異なる、所詮まったくの材料に過ぎないのである。これは、かつてわたし自身が能の翻訳の問題で、フェノロサの遺稿の「錦木」を研究[*3]した際に導いた結論とまったく同じで、一言でいってフェノロサの遺稿は詩の訳ではない。というのは、遺稿は、もともとフェノロサがアメリカに戻って、自ら訳し直して、発表しようという目的で用意した言わば材料であったからだ。このことは、パウンドが翻訳の原材料を得たようなものであり、そこには自由に詩的実験をする余地があったのである。ここにこそ、実はパウンドの翻訳の秘密があるように思われる。

わたしは、かってベケットの翻訳家として知られる恩師の一人安藤信也から、三島由紀夫とラシーヌの戯曲の共同訳をされた際に、三島が敢えて文学的でない直訳を求め、それに基づいてたちまち美しい日本語にする話を直接聞いたことがある。おそらくパウンドも同じで、なまじ文学的な訳などは必要なかったのであろう。三島が意図的に直訳を求めたように、パウンドにとって、フェノロサの遺稿は詩想を掻き立てる材料、つまり彫刻家にとっての原石や画家にとっての顔料のようなものであればよかったのであり、パウンドの出会った遺稿はまさにそれにぴったりなものだった。しかも、その材料は、たまたまパウンドがイマジズムで追求していた詩の目標や実験に合致する宝庫であった。遺稿は、ローマ字で書かれた漢音式の読み、その一語一語の語彙の意味、生硬な一行訳、若干の説明的注釈などで成り立っていた。それだけに、遺稿は、パウンドにとって、詩的なイメージや用語やリズムやメタファーなどの点で、従来の英詩にはない意表をつく新鮮な材料が至る所にころがっていたのである。だから、遺稿から『キャセイ』に至る変身の過程は、彼にとって、「探求の言語」の発見の場であり、実験の場であったのだ。

ある時、幼い子供が電灯のスイッチに近づき、次のように言っている光景を見た。「ママ、明かりを開けていい?」彼女は、古来からの探求の言語、つまり芸術の言語を使っていたのだ。それは一種のメタファーであるが、彼女はそれを装飾的な表現として用いてはいない。

人は、装飾的な表現に飽き飽きしている。そういったものはみなまやかしに過ぎず、頭のいい人であれば、誰だってすることができる。（*PGB* 88）

言うまでもなく、この子供とは違う次元の話ではあるが、遺稿を処理するパウンドの姿を想像すると、彼はまさに新鮮なイメージや間接表現の「探求の言語」を楽しんでいたのではないかと思われる。パウンドが『キャセイ』の翻訳の際に「夢中であった」ことはすでに報告したが、遺稿はジャイルズの『文学史』の場合より、更に多くの「発見」をもたらした。その発見は、イマジズムの原則に従ってなされた試みではあったが、中国詩にはそれ固有の比喩の伝統があり（日本の俳句は基本的には比喩になじまない点を思い出して欲しいが）、また「完璧なシンボル」としての「自然の事物」の使い方があるので、パウンドはそのイメージの使い方に新しいメタファーの可能性を見いだしたのである。

例えば、「天津の橋のたもとで」の最初の四行において、パウンドは、「三月が橋のたもとにやってきた。／千の門に桃の枝と杏の枝が吊るされ、／朝には心ちぎられる花があるが、／夕には東に向かう流れの花となる。」（*PEP* 253）と訳しているが、一行目で彼独自の一種のメタファーを創りだす一方、三行目では語彙訳の"cut"と"intestine"（=腸）、その下に加えられた "intense emotion" の注釈、そして "In the morning they are unbearably beautiful flowers" の一行訳の三つの要素を使いながら、"At morning there are flowers to cut the heart" と仕上げている。その訳は、"unbearably beautiful" という装飾的な語句を拒否し、"flowers to cut the heart"（「心ちぎられる花」）にすることで、英詩としてはまったく意表を突く新しいメタファーの提出に成功している。[*4] こういった例は、李白の「江上吟」の二つの作品を一つの詩として訳した「川の歌」や「流刑人の手紙」などにも顕著に見られ、『キャセイ』はまさに彼のイマジズムの実験的な「探求の言語」そのものであったのである。

そこで、改めてこのメタファーの関連からすでに分析した「玉階の怨み」をもう一度考えると、この作品では表題そのものがメタファーと言える。これは、遺稿を踏襲したものであるが、パウンドは「玉階」の「怨み」という選択をすることで、実は意外性と喚起力のあるメタファーでまず詩全体を規定しているのだ。そのことによって、詩句に登場する語り手の「わたしは」の人格的な個別性をメタファーの中に溶解する一方、その気持ちそのものを抽象化することに成功しているのである。この題名の与える没人格化と抽象化こそが、結果的に詩の含み持つ意味をより拡張し、エモーションを精巧なオブラートで包み込み、エレジー的な抒情性をより客観的なものにしているのだ。あらゆる優れた芸術は、このような抽象化を抜きには創造されないが、パウンドはそれを題名の形で詩的言語として提供しているのだ。そのために、パウンドの詩句の訳は、解釈としては語り手のパーソナルな気持ちとされているにもかかわらず、中国の原詩が本来持っていた第三者的な視点や伝統的な詩のモチーフの持つ没人格的性質と類似したインパーソナルな詩的次元にまで至っている。だから、詩句のアンダーステイトメントは、抒情的でありながら、一編の物語にまで読者の想像力を膨らませる力を持っている。確かにパウンドの題名や詩句の一部の訳は、遺稿と同じではあるが、その狙いはまったく別の詩的次元の問題なのである。その意味で、『キャセイ』の翻訳は創造的な意図を秘めた実験的な営為であったと言えるし、また多くの「探求の言語」の「発見」を英詩にもたらしたと言える。

4

これまで見てきたことからも、『キャセイ』がイマジズムの教義に沿った形で詩の抒情性を実験的に求めていたことはある程度検証できるが、これだけでは「現代の英詩を豊かにした」と言えるほどこの訳詩集に独特な抒情性が存在するとは言い切れない。詩がいつも「エモーショナルな合成物で」あり、しかもそれは「散文の（または知的な）分析と同じほど極めてリアルで、リアリスティック」（*PLE* 324）であったパウンドを考慮すれば、抒情性の問題をどのようにモダンな形で処理するかということは、単にイメージの使用とか、新しいメタファーの創造といったことだけではなく、もっと詩作全体に関係する緊急な問題であったはずである。とすれば、それは、翻訳の実験的な試みとしてだけではなく、パウンド自身のオリジナルな作品でも試みられているはずであり、それこそ『キャセイ』のモダンな意義の解明に繋がると言える。

そのような問題に唯一手掛かりを与えてくれるのは、『大祓』の「キャセイ」と「プロヴァンスはさびれて」の関係についてパウンド自身が述べた言葉、つまり「『キャセイ』の言語表現上の構造はみな「プロヴァンスはさびれて」の中ですでに試みられている」という言葉である。パウンドは、この言葉に続けて、「主題は中国であるが、その翻訳の言葉はわたしのものであると思う」（*PSL* 101）と付け加えているので、「プロヴァンスはさびれて」と『キャセイ』には創作意識の上で深い内的な関連があるように思われる。しかも、引用したパウンドの言葉を信じるとすれば、パウンドは『キャセイ』の前に「プロヴァンスはさびれて」を書いたことになるが、実はその発表は『キャセイ』

に所収された「流刑人の手紙」と一緒に、一五年三月の『ポエトリー』誌に発表されており、翌月には『キャセイ』が出版されたのであるから、創作時期はほぼ同時期であったと思われる。そこで、問題の核心は、パウンドの言う「言語表現上の構造」が彼の意識の中で、一体どのような問題であったかという点である。

「プロヴァンスはさびれて」は、一九一二年の六月から七月はじめにかけて、一カ月ほどトゥルバドゥールとその時代の歴史の跡を追いながらなされた、主として徒歩によるプロヴァンスの旅の思い出である。パウンドは、この旅行に先立ってパリの「国立図書館」でトゥルバドゥールに関する知識や情報を集め、またこの吟遊詩人たちについての物語「ジロンド」を準備し、旅行中も実際にその資料を集めて、旅行後この散文の物語に本格的に取り組んだ。でも、結局挫折し、この時に残された思い出がやがて「プロヴァンスはさびれて」として結実したのである。

このような事情を考慮すると、「プロヴァンスはさびれて」がパウンドの意識の中で、ある種の物語や小説のようなものから展開した詩であったことが分かる。また全体のスタイルも散文的な語り(narrative)の調子であり、そこに会話的詩句の挿入される構造になっている。しかも、頻繁に用いられるプロヴァンスの地名や歴史上の人物や自然の風物は、あくまでイメージとして暗示的な詩的目的にのみ用いられ、それを通して昔と今の歴史を含む散文的な物語的要素だけでなく、この旅を行った詩人のエモーションをすべて言外に含ませる詩的構造になっている。別な言い方をすれば、この作品はパウンド特有の剝き出しな断片的イメージとして提示される表現の構造を持っているが、あくまで散文的な語りのスタイルとリズムに全体は統一されており、詩全体も語り手のエモーションに収斂している。だから、詩の明確性があくまで「エモーショナルな価値観」を「確固と主張」

（*PLE* 324）しているかいないかの問題であったパウンドの立場を理解しさえすれば、この作品は間違いなく散文的なスタイルやリズムを用いた新しいタイプのエレジー的な抒情性を伝えていると言える。

もしもこのような「プロヴァンスはさびれて」の「言語表現上の構造」の解釈が正しいとするなら、それは散文的な語りの調子を詩のスタイルとして取り入れ、しかも小説的とも物語的とも、さらには歴史的とも言ってよい客観的なモチーフを詩人のエモーションの合成物として暗示する方法と要約できるであろう。ここで思い出されるのは、フォードの小説重視の影響下で、パウンドがイマジズムの中で繰り返し強調した小説のような「散文の明確性」と「客観性」の問題である。そして、「「キャセイ」の言語表現上の構造はみな「プロヴァンスはさびれて」の中ですでに試みられている」と述べたパウンドの意識を推測すると、まさにこの点で両方の作品は交差しているのではないかと思われる。事実両方の作品を完成した直後に、詩と散文の関係に対する当時の彼の意識を示すかのように、「詩は散文と同じようにきちんと書かれなければならない。その言葉は、増幅された緊張度（つまり単純性）を持っている点を除けば、話言葉から決して離れてはならない精巧な言葉なのだ」と改めて述べ、「客観性、そしてまた客観性、そして表現」（*PSL* 48-49）と強調している。それは、「プロヴァンスはさびれて」の創作方法と『キャセイ』の翻訳方法を連想させる。そういうわけで、両方の詩は「話言葉から決して離れない」散文性によって、エモーションに基づく抒情性を明確に伝えるという点で、少なくともパウンドの創作意識の中では同類の、しかもモダンな「言語表現上の構造」であったのだろう。あたかもこのような彼の意識を暗示するかのように、パウンドは『大祓』で「キャセイ」を「プロヴァンスはさびれて」と「ペリゴール近くで」の二つのモダンな作品の間に意図的に配置している。このことはまた、後者の二つの作品が『詩篇』の語りのスタイルと抒情性の関連を解く鍵になる作品であることを想起すれば、『キャセイ』の「言語表現上の構造」がパウンドの「モダン」な方法としてもいかに重要であったかを示している。

実際このような観点から『キャセイ』の「周の防人の歌」や「川船商人の妻」のような比較的長い作品を考えると、これらの作品は、「プロヴァンスはさびれて」につながるような散文的語りの調子や豊富なイメージによって、エモーションを言外に含ませる手法になっている。例えば、「周の防人の歌」は、「今年もここで早蕨を採りながら、語り合う、／「故国に戻れるのはいつのことか」と。／ここにいるのは、蛮族を敵にしているからで、／その匈奴のせいでわれらは、安らぐ時もない。／やわらかい早蕨を選び採り、／「故国に帰る」と、誰かが言えば、他の者は悲しみにくれる。／心の悲しみは深く、腹はすき、のどは渇く」（PT 249）とはじまるが、詩は夷狄から故国を守る国境の兵士の望郷の念を明らかに散文の語りのスタイルとリズムで伝えている。

もう一つの「川船商人の妻」も、簡明な語りの構造を持ったエレジー的な抒情詩である。詩は、無垢な少女が幼友達と結婚し、川船商人の妻になるが、その夫は商売のためか、他に楽しみがあったためか、あるいは女性ができたためか、いずれにしろ家を長期間空けて、彼女は放っておかれるのだが、その彼女がなおも貞節を守って、夫の帰りを待つ思いを手紙の形式で述べた作品である。三つの連よりなるこの詩は、時の流れの中に翻弄される一人の女の一生とか、またその流れの中で無垢な魂が傷ついたり、変わったりする現実とか、世の夫婦の心移ろう姿とか、それでもなお夫を慕う思いとかが、切々と伝わってくる。門のそばの「苔」や秋風に舞う「木の葉」や「黄色い」「つがいの蝶」などの自然のイメージは、変わってしまった夫や自らの孤独な現在や思いを間接的にしかも対照的に増幅し、詩全体の散文的な意味の明確さやリズムに融け込んでおり、そこから微妙な感情の綾がより浮き立つ。パウンドは、散文詩などとはまったく異なる次元で、意図的に散文的な明確さを用い、それとは一見異質な詩的抒情を達成しようとしていたのであろう。だから、そこには悲しみや嘆きが語られずして語られるアンダーステイトメントの感傷なき抒情があるのだ。それが原詩のお蔭だと言ってしまえばそれまでだが、英詩としてみれば、やはり詩人パウンドの持つ、繊細だが、でも情緒に流されたり、溺れたりしない強靭な感受性と敢えて微妙な感情の綾を散文的な語りのスタイルとリズムで試みた実験的な創作姿勢に、その多くの詩的な力は負っていると言えよう。

『キャセイ』の多くの作品が「エズラ・パウンドが創造したと言えるほど多くのものを」持っているのは、実はこのように詩人の繊細な感受性がたとえエレジー的なエモーションを扱う場合でも、感傷にぶれることがほとんどない点である。詩人は、「完璧に」近いほど詩を「制御しており」、言外に抒情を含み持たせている。そのことは、「美しい化粧」や「玉階の怨み」のような短い作品にしろ、比較的長い「周の防人の歌」や「川船商人の妻」のような作品にしろ、この訳詩集の作品全体に共通している特徴である。パウンドは、アップワードを契機に中国詩を知り、イマジズムの原則に従いながら、「扇の歌」のような作品を生み出し、更にフェノロサの遺稿に基づく『キャセイ』を再創造する中で、新しい抒情詩の可能性を発見し、自らのものにしていったのである。その抒情は、繊細な感受性に支えられたエレジー的なものでありながら、でも感傷なき抒情と定義できるインパーソナルな現代性を帯びている。それが可能であったのは、遺稿がより材料的な状態であったお陰で実験的な「探究の言語」を行なうのにふさわしかったからでもあるが、詩人パウンドが的確なイメージ、"Less is more"、新しいメタファー、散文的なアンダーステイトメント、散文的な語りのスタイルやリズムなどの手法を複合的に使用することによって、本当の意味での詩的暗示性と凝縮性の中に抒情性を埋め込んだからだ。そうであったればこそ、エリオットをして「パウンドはわれわれの時代の中国詩の創造者」であり、「現代の英詩を豊かにした」と言わしめるほどの『キャセイ』が生まれたのである。そして、その「半透明」とも言われたパウンドの翻訳の抒情性には、エートスにおいてまったく異質で、情緒的には元来エレジー的であったエリオットを魅了してやまないインパーソナルな新しい詩情が存在し、それがこの訳詩集の変わらないモダンな磁力なのである。

注

＊1 Mary Fenollosa Letter to Pound（November 24, [1913?]）, The Beinecke Rare Book and Manuscript Library, Yale University.

＊2 高田美一『フェノロサ遺稿とエズラ・パウンド』近代文芸社、一九九五年、一七一頁

題名 gyoku kai yen Ladder grief, slightly angered with hatred, resent.
jewel stairs grievance

一行目 gyoku | kai | sei | haku | ro
jewel | steps | grow | white | dew
The jewel stairs have already become white - with dew（四語不祥）

二行目 ya | kiu | shin | ra | betsu
night | long | permeate, attack | transparent gauze | stocking
Far gone is the night, the dew has come up to my gauze socks

三行目 kiaku | ka | sui | sho | ren

let ｜down｜water｜crystal｜crystal sudare<Jap.>

So I let down the crystal curtain

四行目　rei　｜ro　｜bo　｜shu　｜getsu

transparent｜clear｜look at｜autumn｜moon

And still look on the bright moon shining beyond.

遺稿の状態を知ることが目的なので、高田氏の掲載様式に若干の変更をしてある。

＊3　岩原康夫「Ezra Pound の能翻訳に関する一考察」（『工学院大学研究論叢』二〇号、一九八三年）四九—五九頁

＊4　この部分の遺稿の翻刻は、以下の児玉実英と高田美一両氏のものを借用した。
児玉実英「『キャセイ』に埋もれたパウンドの声を探る」（福田陸太郎・安川晃編『エズラ・パウンド研究』山口書店、一九八六年十月）六九頁
高田美一『フェノロサ遺稿とエズラ・パウンド』一六二頁

引用文献

Carpenter, Humphrey. *A Serious Character: The Life of Ezra Pound*. London & Boston: Faber and Faber, 1988. [*CSC*]

Eliot, T.S. *To Criticize the Critic*. New York: Farrar, Straus & Giroux, 1970. [*ECC*]

Giles, Herbert A. *A History of Chinese Literature*. London: William Heinemann, 1901. [*GHL*]

Kenner, Hugh. *The Pound Era*. Berkeley and Los Angeles: University of California Press, 1971. [*KPE*]

Lewis, Wyndham. *Time and Western Man*. London: Chatto and Windus, 1927. [*LTWM*]

Pound, Ezra. *Literary Essays of Ezra Pound*, ed. by T.S. Eliot. 1954; rpt. New York: New Directions, 1960. [*PLE*]

———. *The Selected Letters of Ezra Pound*, ed. by D.D. Paige. 1950; rpt. New York: New Directions, 1960. [*PSL*]

———. *Gaudier-Brzeska: A Memoir*. New York: New Directions, 1970. [*PGB*]

———. *Selected Poems*, ed. by T.S. Eliot. 1928; rpt. London: Faber and Faber, 1948. [*PSP*]

———. *Ezra Pound's Poetry and Prose Contributions to Periodicals* (Vol. III 1918-1919), ed. by Lea Baechler, et. al. New York & London: Garland Publishing, Inc., 1991. [*PPC*]

4 パウンドと孔子の「迸」『詩篇』と東洋

東雄一郎

I

『詩篇』には夥しい数の漢字が使用されている。それは、夏、周、仲尼、仁者以身発財、中、莫、誠、旦、桑、非其鬼而祭諂也、志、符節、道、林、皐陶、太平、新日日新、辞達、黄鳥止、犬、仁、霊、伊尹、仁智、徳、義、伯禽、成王、心、書経、一人、力行近乎仁、仁親以為寶、法、兆、本業、恩、光明、正名、孟、堯舜禹である。この漢字群は『詩経』『論語』『大学』『中庸』『孟子』『書経』の古代中国思想・文化へのパウンドの造詣の深さを物語っている。

一九一五年の『ポエトリー』誌（五巻五号）で詩人は「十九世紀は中世を発見したが、二十世紀は中国に新たなギリシャを発見することになるだろう」と『詩篇』の「兆」を予見していた。詩人の本格的な東洋の発見は、一九一三年、東洋美術研究家アーネスト・フェノロサの遺稿を未亡人メアリから委託されたときに始まる。その遺稿は漢詩と能の翻訳草稿、エッセイ「詩の媒体としての漢字考」の十数冊のノート類だった。パウンドは優れたメタファーと「霊的な示唆」をも表す漢字との類似性を遺稿の中に見出した。フェノロサの遺稿を底本に、漢詩の翻案詩集『キャセイ』（一九一五）、『日本の貴族演劇』（一九一六）、その増補版の『能、または才芸』（一九一七）、「詩の媒体としての漢字考」（一九二〇年『扇動』誌に掲載）が次々と紡ぎ出された。『キャセイ』出版直後、シェリングへ宛てた手紙でパウンドはフェノロサの「漢字考」を「すべての美学の基盤」と呼び「表意文字は完全に自由な言葉の用法を可能にする」（Pound, *Letters* 61）と記している。詩人にとり表意文字は意味を充電した言葉だった。

例えば、「詩篇 七四」の「莫」は本来が草原や森林に日が沈む意であり、パウンドの「すでに日が沈んだ者」の釈義は適切である。そして「彷徨」の意味を持つ「迋」を、船首に二つの波または水滴がかかり、「犬」と「王」が船尾に座る絵だ、と詩人は解した（一九一五年七月付、シェリング宛の手紙）。「狂」は「犬」と「王」と合字であるが、ここに船の意味はない。「迋」を犬と王とが同じ船で航海をしている象形とする解釈は明らかに誤断だが、これは『詩篇』の主題を予告する創造的誤断である。『詩篇』は、「喪家の狗」（「詩篇 五三」）と呼ばれ、理想政治の仁政を唱え諸国を巡歴し用いられなかった孔子の「迋」の世界でもあるからだ。「喪家の狗」・喪中の家の飼い犬は、葬事と悲しみのために餌も与えられずに痩せ衰えた犬、または宿無し犬の意味である。

孔子は紀元前五二二年十月二十一日、魯の昌平郷、陬邑に生まれた。曲阜（山東省）の南東に広がる丘陵、尼山へ母親が詣でて授かり、生まれたとき頭の天辺が尼山のように窪んでいたので、名を丘、字を仲尼とつけられた（「詩篇 五三」に記載）。孔子の春秋時代末期、周王朝の祭政一致の神権政治は空洞化し、礼は廃れ、権謀術数・弱肉強食・下克上の激浪が天を打っていた。諸侯国が台頭し、周の国勢は衰え、国土は荒廃し、墓は荒れ果て、秩序は失われていた。諸侯国はその領土の拡張にのみ腐心し、無益な戦争を繰り返していた。『史記』によると、孔子は五十歳前後のときに官職を得て、最後には建設・土木大臣の地位にまで昇りつめ、当時の魯における派閥政治の改革に取り組むが、失敗に終わり、魯にいられなくなり、自分を登用してくれる君主を求めて諸国の放浪の旅に出る。だが、およそ十二年間の辛酸を舐めた放浪生活のかいもなく、孔子に政治的実権を託そうとする国はなかった。この孔子の生涯は、パウンドが「犬」と「王」とが同じ船で航海をする絵だと解釈した「逛」の字に要約される。『詩篇』でパウンドは、孔子が生きた動乱の時代と、二つの世界大戦（「無数の戦」・「無益な戦」、「詩篇 五三」）を経験した二十世紀を重ね合わせている。孔子と同じく、パウンドもまた「くすぶる境界石の瓦礫の山」（「詩篇 四」）や「壊れた蟻塚」・「ヨーロッパの廃墟」（「詩篇 七六」）から這い出て、破壊された文明を再建しようとする社会改革者である。

　一九二〇年代、孔子はパウンドの哲学者になっていた。『ポエトリー』誌のハリエット・モンローへ宛てた手紙（二二年六月付）には「孔子の書物とオウィディウスの『変身物語《メタモルフォーシス》』が唯一安心できる宗教の案内書だ」(Pound, *Letters* 183) と述べられている。三七年に詩人は『論語』の英訳を出し、三八年の『クライテリオン』には「孟子の倫理」を発表した。同年七月出版の『文化への案内』は孔子の儒教思想を核とする文明批評で、二年後に出た「中国詩篇」（「詩篇 五二―六一」）の礎となった。三九年十月三十一日付のヘンリー・スワベイ宛の手紙には、「孔子と孟子がヨーロッパの全ての実際の信仰を満たすわけではないが、キリスト教のあらゆる正当な倫理観は孔孟思想に合致する。私が知る限り、キリスト教神学の一面に繁茂する多くの流行や宣伝活動の密林から我々を解放してくれるのは孔子だけだ」(Pound, *Letters* 327) と記されている。

　魯国の祖、周公旦を敬愛した孔子は、夏殷周の過去に黄金時代を見出し、それを理想として現在と未来に活かそうとした。この復古主義の「一新」はパウンドの思想と一致するものだった。仁政の理想を唱える孔子と同じく、パウンドも三三年にムッソリーニと会見し、三九年四月には戦争回避の説得と国際協調を図るため単身帰国し、ルーズベルト政権下の上院議員たちを歴訪している。四五年二月、彼はイタリア語訳の『中庸』を出し、十月五日から一ヶ月間『中庸』『大学』の翻訳に精励し、これを四七年に出版する。六十歳以降のパウンドの人生はまさに孔子・孟子と契合していた。五一年には『論語』、五四年には『詩経』の英訳が刊行され、五五年発表の「鑿岩篇《ロック・ドリル》」（「詩篇 八五—九五」）は、『書経』などからの漢字を多用する表意文字の詩的王国となっている。

2

西洋の文明が没落の危機に直面していた時代、パウンドは二八年に『大学』の最初の翻訳を試み、『エズラ・パウンド散文撰集、一九〇九—一九六五年』所収の「孔子の緊急の必要性」や「孟子の倫理」で力説するように、現代の正しい秩序は『大学』の儒教精神の上にしか成立しないと確信していた。次の「詩篇 一三」は孔子に捧げた詩篇で、詩人の古代中国世界とその思想・文化への画期的な遠征である。

そして孔子は言った「品性を欠いては
　その楽器を奏でられない
また詩にふさわしい音楽も演じられない」
「杏の花は
東から西へと風に舞う

わたしはその白い花が散らないようにつとめた」（「詩篇 一一三」、CA 73-78）

ここには、孔子の普遍的世界を東洋から西洋へ伝播させようとする詩人の主意が明らかにされている。この杏檀（魯の曲阜にある孔子の学問所の跡地、孔子の学統）のイメージは、「詩篇 四七」でも生命の樹木に変身する「わたし」のイメージを経て、「西風は枝にもっと軽やかで、東風は／杏の木にもっと軽やかだろう」（CA 87-88）の詩行にも繰り返されている。そして「ピサ詩篇」（「詩篇 七四—八四」）の「詩篇 七四」では、この東洋の二つの「風」は、古代ギリシャの「西風」の神ゼピュロスと「東風」のアペリオータとなり、平和を象徴する「オリーブ」の芳しい白い花を咲かせる。さらに孔子の五弁の白い「杏の花」は、「詩篇 七四」の「ピサへゆく白い牛」、「白いパン」、天女の「羽衣」、神殿の「白い大理石」、「過ぎゆく時の白い羽」（漢字「習」の釈義）、「純白の貝殻」、「太陽に晒された白い姿」、「白鳥の綿毛」などの白の世界に合流し、「詩篇 七六」のアフロディテ、ペルセポネ、アルテミスなど古代ギリシャの女神たちの「水晶のように透明な流れの園」や「花咲く梨の木の閉ざされた庭や山」の原初自然の幸福な楽園世界《エリュシオン》を造りあげている。パウンドは孔子の儒教の祭儀と、ギリシャ宗教の豊饒神の祭儀を重ね合わせる。『詩篇』の魅力はこの硬質な抒情詩の「透明な流れの園」にある。

「劇はみな心の中だ」（「詩篇 七四」）と歌われるが、この東西文化の融合による理想世界の創造は、詩人の記憶の中でおこなわれる。『論語』はその短い句や短い問答が統一する語録で、その多くは門人たちの記憶に依拠している。『詩篇』の統一性もパウンドの記憶の断片の累積にある。引用の「詩篇 一一三」の一節は、『論語』泰伯で教養の順を言う「興於詩、立於禮、成於樂」（詩による感情の高揚、礼による安定、人の性情を養い清める音楽による完成）と、『論語』八佾の「人而不仁、如禮何、人而不仁、如樂何」（仁に欠ければ礼楽があっても無意味）を典拠としている。

礼は人間秩序の法・敬意・厳粛、そして楽は親睦である。最も重要な文化表現はこの礼楽で、その根本は仁である。パウンドは「仁」を「品位」と解し、「詩篇 八二」ではラテン語のhumanitas（礼を知る気品ある人間性）の訳語を与えている。また「詩篇 七四」では学而の「孝弟也者、其爲仁之本與」（仁を行う基本は孝弟の二徳）と顔淵の「愛人」（人を愛すること）を踏まえ、「親子や兄弟の愛こそが仁の根本だ／道の根本だ」と、肉親を第一に考える愛が示されている。「詩篇 一三」では葉公が孔子に訊ねる正直者の躬の逸話「父爲子隱、子爲父隱、直在其中矣」（子路）が援用されている。父親が羊を盗んだことを、その息子が訴える。その正直さを葉公が賞賛すると、孔子は「父は子のために隠し、子は父のために隠す。正直さとはその自然の人情の発露だ」と言い、国の法秩序に優先する肉親の愛が説かれる。「孟子の倫理」でパウンドは「仁」を「完全な人間そして完全な人間の内実」と定義している。『詩篇』には、「詩篇 八五」の「仁智」を始め、「詩篇 九三」の「力行近乎仁」（『中庸』、実践に努めるのは仁徳の育成）や「詩篇 九七」の「仁親以爲寶」（『大学』、仁徳のある近親者こそが宝）など、「仁」の漢字が多く採録されている。「あなたが心から愛するものは残る」（「詩篇 八一」）と宣言されるように、『詩篇』は文化再建の書であるとともに、この仁愛による魂の救済の書なのである。しかも、ジョイス、エリオット、ヘミングウェイたちを帝王切開した詩人は、『論語』擁也の他者の栄達を先に重んじる「己欲立而立人、己欲達而達人」（己立たんと欲して人を立たせ、己達せんと欲して人を達す）の仁者でもあった。

「詩篇 一三」は門人たちを従え宗廟の脇を抜け、杉林に入り川下を伝わってゆく孔子の静穏な世界に始まる。この「詩篇　一三」は秩序の観念と文化的統一性を唱導する孔子の倫理世界を要約している。この詩篇の機軸は『大学』の「脩身而后家斉、家斉而后国治、国治而后天下平」の教えである。政治の究極の目的は治国平天下であるが、これを達成するには先ず家を正しく整え、身を修めなければならない。次に身を修めるには、心を正しく意を誠にしなければならない。そしてこの正心誠意を身につけるには、格物致知、つまり、物の道理・性を窮め、学文を修得しなければならない。宇宙には常に或る道理が流れ、動植物には物の性が、人間には人の性が流れている。人の性・良知を窮めるなら物の性を窮めること、物にいたることが肝要となる。この格物致知は、パウンドが提唱したイマジズムの三原則の一つ、「主観・客観を問わず物をじかに扱うこと」の即物性に通じる。

「詩篇　一三」では、この修己治人の教えに続き、『論語』先進の過剰を戒め中庸を説く「過猶不及」、衛霊公の学問の要点を指摘する「吾猶及史之闕文也」（昔の記録官は疑わしいことは書かずに空けておき、後の知る者を待った）、先進で季路の鬼神と死についての問いへの返答「未知生、焉知死」（神の意識より日常の人間への奉仕を優先させる）などが援用され、『大学』の三綱領「在明明徳、在親民、在止於至善」が示される。綱領の第一は修養努力による天授の徳の発揚、第二は万民の親和と平和な生活の実現（為政者の仁愛の発露）、第三は常にこれらを至高至善の境地に保つことである。パウンドはこの仁政に関して「詩篇　五三」で「良い為政者は草の上にそよぐ風のようだ、良い君主は税をさげる」と言うが、この詩行は『論語』顔淵の「君子之徳風也、小人之徳草也、草上之風必偃」（上の者が範を示し、善をもって民を率いる）から採られたものである。

「孔子の緊急の必要性」でパウンドは、「高利子《ウーズーラ》」の貪欲な金融資本主義に毒された西洋世界を糾弾し、ダンテの「意志の方向」（『俗語詩論』からの用語）と『大学』の「明徳」（天授の曇りない無垢な本性)、『孟子』の「尚志」とを接合して次のように述べている。

> フェノロサは西洋には表意文字的思考が必要だと主張した。赤という語の真意を伝達したいなら、これをバラや錆や桜の実の次元にまで押しさげろと。西洋には大気の振動や無限性を表す語は過剰にある。表意文字的思考方法には、自己の意図の内奥へ潜入する孔子の思考方法と共通する要素がある。必然、これとダンテの意志の方向という観念は一致する。中世期の西洋の作家たちは徳という言葉を含む文章を次々と書いた。それは躍動的で鮮明な意味をもつ徳だった。
>
> (Pound, *Selected Prose* 92)

古代中国の伝説的な聖天子の舜帝と後世の文王の仁政を「符節」と見なす「詩篇 七七」では、ダンテの「意志の方向」は「志」の漢字に補強され、『孟子』尽心章句上の「何謂尚志、曰、仁義而已矣」(志を高尚にするには仁義に志すこと)に連接されている。ダンテの天界へ上昇する『神曲』の「意志の方向」、『大学』の「明徳」、そして孟子の「仁義」に関連する「尚志」を併合する『詩篇』は、東西の思想・文化を融合する実践哲学の書である。「ピサ詩篇」以前の『詩篇』はオデュッセウスの放浪に始まり、正しい「意志の方向」に導かれ「高利子」の「密林」を抜け、「明徳の光」に到達しようとする上昇の歴史の軌跡を見せる。そして「詩篇 七四」に「秩序あるダンテ風の上昇ではなく/風の吹くままに」と歌われるように、「ピサ詩篇」以降は詩人の記憶の断片的な覚書による文化復興への志向性を強めている。この詩人の記憶は『詩篇』の随所に、「思い出の宿る所に《ドーヴェ・スタ・メモーリア》」(「詩篇 七六」)、古代中国の文化・思想・自然世界を復活させている。パウンドが描く自然は、それが古代のギリシャ世界の風景でも中国世界の風景でも、実に素朴な美しさを放っている。その素朴な自然世界の典型は「詩篇　四九」であろう。

「詩篇　四九」は「瀟湘《しょうしょう》八景」（詩人の両親が所有していた屏風の漢詩と絵）と、フェノロサの遺稿にあった「帝舜南風之詩」（聖天子の瑞祥歌）と、「鼓腹撃壌歌」（堯帝の無為の政治讃歌）を合成している。この詩篇は、「詩篇　一三」と「詩篇　四七」の杏檀のイメージ（孔子の儒教思想の摘要）を継承し、後に続く「中国詩篇」への懸橋である。「中国詩篇」は朱熹の『資治通鑑綱目』を典拠に、周を中心とした古代中国の王朝の興亡を略述し、『論語』の古義を探る詩的註解である。「中国詩篇」の「詩篇　五二」の後半は、周代から秦漢時代に及ぶ人々の社会・制度・習俗を記す『礼記』月令からの抄訳である。パウンドは「自己の意図の内奥へ潜入する孔子の思考方法」の中に、古い物を自己の内に活かし、外にある物を内なる物に転じる深い精神の変容作用を見出したのだ。パウンドには孔子もオウィディウスもこの変容の偉大な詩人で、その書物は「唯一安心できる宗教の案内書」だった。またパウンドには、孔子もダンテもオウィディウスも卑近な所から始めて、その彼方にある幽遠の境地に達する詩人だった。

「詩篇　四九」の「瀟湘八景」には順に瀟湘夜雨、洞庭秋月、煙寺晩鐘、遠浦帰帆、江天暮雪、平沙落雁、漁村夕照の七幅の佳景が描かれ、山市晴風が欠けている。だがこの欠落した絵は「帝舜南風之詩」に内在し、『論語』衛霊公の「無爲而治者、其舜也與、夫何爲哉、恭己正南面而已矣」（理想の無為の政治をおこなったのは舜だけ、彼は己の身を慎み正しく南面に向かっていただけ）に繋がる。そしてこの舜帝の仁政（祥瑞思想）は、堯帝を讃える次の「鼓腹撃壌歌」の淳良な農民の歓びの労働歌に再現されている。「日が出りゃ、いつもの野良仕事／暮れれば、家で休息とって／井戸を掘って、水を飲み／田畑を耕し、穀物くらう／帝の力、それは無関係／第四圏、あの静寂の次元／野獣たちを治める力」（「詩篇 四九」、CA 245）。黄帝の曾孫で聖王と言われた堯帝は、その五十年間の治世を按じて、忍びの粗末な姿で質素な宮殿から町に出る。すると自分の高徳と仁政を讃美する子供たちの童歌が聞こえてくる。また一人の老人が、何かを食べながら腹つづみを打ち、足で地面を踏み鳴らし、「日出而作、日入而息、鑿井而飲、畊田而食、帝力何有於我哉」と陽気に歌う。引用の「第四圏」はダンテの『神曲』の知識人たちが住む天国、そして「野獣たちを治める力」は古代ギリシャの農耕と恍惚の神ディオニュソスの超自然力を示唆する。ここで孔子＝パウンドは「詩篇 四五」「詩篇 四六」の「言葉の変質者」たちの「高利子」金融、獰猛な「野獣」たちの「密林」から抜け出し、自然と調和する質朴な農民世界に立ち返っている。善政とは民に支配を意識させない無為の政治である。堯帝から禅譲された舜帝は五弦の琴を弾き、「南風之詩」（穏やかで豊かな暮らしをもたらす南風）を歌った。その瑞祥の星と雲を見て喜ぶ役人たちも、舜帝の歌に合わせ歌った（「百工相和歌」）。偉大な聖天子の徳風に万民がなびき伏して相和し、ここに地上の神仙世界が実現する。この孔子＝パウンドは、自分の安らぎの場を「緑野の世界」（「詩篇 八一」）に見出す原初自然の詩人である。

　徳治・仁政を理想とする孔子＝パウンドは、非情の法制禁令で民を外から規制する法治体制に異見を唱え、適正な富の「分配」を主張する。仁政を実践するには、田制を定め租税を軽減し食料を蓄え、また民の生命を護衛する兵備を十分にし、民には信を持たせなければならない（『論語』顔淵）。この実践道徳の経世済民思想が『詩篇』の重要な主題である。『文化への案内』所収の「論語要録」は、衛霊公の「以一貫之」の漢字に始まり、これに子路の「正名」（名実一致、事物を正しい名で呼ぶこと）が続く。文化の乱れは言葉の乱れにほかならならず、名と事物とが一致しないと、言葉が道理からはずれて機能せず、言葉が事実に従わないと混乱が生じて何も完成しない。この「正名論」はフローベールの「一語説」（事物の描写にはそれに適した唯一の正しい言葉しかないとの信念）に適合する。「正名」は字句に生命を吹き込み、積極的な行動（狂）を誘導する。西洋世界は、富と物欲の神マモンをその「密林」の奥深くに祀り、「高利子」の闇と結託し「無益な戦」を起こすが、パウンドはこのマモンの支配の及ばない対極の理想世界を古代中国の孔子と孟子の世界に見出した。『詩篇』では『論語』や『孟子』の仁政の聖天子たちが復活する。それは、三皇の伏羲《ふぎ》氏、女媧《じょか》氏、神農氏、五帝の黄帝、顓頊《せんぎゃく》、堯、舜（皐陶を登用した）、夏の禹王、殷の湯王（伊尹を登用した）、西周の文王（周の文化の先鞭をつけた）、武王（文王の子、殷を滅ぼし西周を建てた）、周公旦（武王の弟で幼い甥の成王を補佐し周王朝の基礎を固め、その文化を完成させた）などである。「禹は治水の司／黒い土壌は肥沃で、生糸はなお山東からとられた／各州には倉が設けられ／民には現物の十分の一の税を納めさせた」（「詩篇 五三」、*CA* 30-33）。紀元前二十一世紀、舜帝の治世、禹は氾濫する黄河の治水を命じられ、十年前後の歳月をかけ支流や放水路を作り治水に成功した。舜帝はこの禹に禅譲した。「詩篇 五三」の「現物の十分の一の税」は、『孟子』勝文公章句上の一定の限度を守る古代の税制への言及であり、夏の貢法や殷の助法や周の徹法の実際の税率は十分の一だった。井田制をパウンドは「孟子の倫理」でも説示している。孔子の春秋時代頃から鉄器の使用と牛による耕作が普及し、多くの土地が開墾され、私田が広がった。井田制の農地改革は、丁年に達した有妻の男子に平等に耕地を使用させ、一里四方を井の字形に九等分し中央の一区を公田とし、他を私田として八家に分け、この八家の共同耕作地である公田からの収穫を国に納めさせるというユートピア社会主義的な制度である（貝塚 四五五―四七一）。

「高利子」の金融資本主義に対抗するこの井田制は、パウンドが妄信していたダグラスの社会的信用説（政府の小売価格の統制と消費者への適正な富の分配を説く）やシルヴィオ・ゲゼルの理論（自由貨幣の必要性と利子や地代などの不労所得の撤廃を説く）に類似していた。「詩篇 四一」、「詩篇 四二」、「詩篇 四三」には十九世紀のイタリアのシエナにフェルディナント二世が許可した貧民救済のための「モンテ・ディ・パスチナ銀行」が登場する。この「牧草の山」の意味を持つ銀行は、共有地を担保に設立された共同体管理の銀行である。この「高利子」とは無縁の理想の銀行は井田制の復元とも言える。

『詩篇』には古代中国の神農が出現する。神農は人身牛首で、木を切り鋤や鍬を作り耕作を人々に教えた農業の祖、市を開き交易を広めた商業の祖、赤い鞭で草木を叩きその汁を見分けた医薬の祖、五弦の瑟《しつ》を作った演奏家の祖、また易の祖とも言われている。神農は初め陳（河南省）に都を置き、後に孔子の故郷の曲阜に遷都した。この豊饒と生産をつかさどる神農は、地中海沿岸の各地を巡り葡萄の栽培を伝えた文明の啓発者ディオニュソスに重層されている。火と水の子であるディオニュソスの象徴物も牡牛である。詳述は避けるが、『詩篇』には多くの牛のイメージが採集されている。神農は五行の火の徳により帝王となったため「炎帝」と呼ばれた。「詩篇 五二」には、「夏にかけ太陽が牡牛座のヒュアデス星団にあるとき／その帝は炎帝」や「野獣たちは野原から追放され／この月には薬草が集められる」と神農の超自然力が讃えられている。

『孟子』勝文公章句上では、神農の学説・重農主義思想を説く戦国時代の許行が話題となる。だが孟子は、進歩しすぎて腐敗した都市の商業文化を、素朴な農民文化の力で再生させようとする許行の精神を理解しない。許行の素朴主義の最良の理解者はパウンドである。「詩篇 五三」では「伏羲は木徳／神農は火徳、黄帝は土徳」の五行思想、帝舜から禹王への禅譲、そして「上帝からは何も隠れることはできない」と、天人相関思想が語られている。五行思想は世界の成立や変動を木・火・土・金・水の五要素から説明する原理で、この五要素が天上の五遊星の運行に合わせて循環し世界の調和や秩序を創造するとの考えである。天人相関思想は循環的思想であり、万物の主宰者・「上帝」・天帝は、為政者が堕落すると、その王朝を交代させる。そして王位は天命によって定まり、その天命は民意・民声によって決定する。孟子の王道政治に説かれるように、天の働きは恩寵と威罰の二面性をもち、覇者の意義を認めない。それは孔子の「天何言哉、四時行焉、百物生焉」（『論語』陽貨、天は何も語らず。それでも四季は巡り万物は成長する）でもある。パウンド流に言えば、それは「偉大な感性」である「靈」（「詩篇 八五」）による新たな王朝の誕生である。

3

『詩篇』は、「偉大な沿岸航海《ペリプルム》は我々の岸辺に星たちを連れ戻す」、「冥府と行動の渦巻」、「万物は流れる《レイ・パンタ》」（以上「詩篇 七四」）や「死の種は一年の周期を移動する」（「詩篇 八〇」）などからも明らかなように、渦巻の円環・循環構造を有している。五行思想、天人相関思想、天子の位の禅譲は、この『詩篇』の渦巻の構造をさらに強化する。古代中国の為政者は自分の即位を歴史の循環の中に位置づけた。また天人相関の中、「上帝」は天子となるべき者に符命（預言のことばが記された事物・「兆」）を与えた。「上帝」が授ける符命は究極の「正名」である。『詩篇』の孔子＝パウンドも天意の新生と復活の符命（「廃墟の中の信念」、「詩篇 七八」）の多様なイメージを集めている。

そしてパウンドにとり、仁政・無為にして化す徳治主義を実践したアメリカの神農は、自営農夫の堅実な労働と簡素な生活を自国文化の根幹とみなしたトーマス・ジェファソンであり、イタリアの神農は、歴史的錯誤だったが、小麦の生産力を向上させ総合干拓事業を成功させたムッソリーニにほかならなかった。

　現代の文化的再建の創意は、湯王が盤名にして毎朝の訓戒とした「新日日新」（「一新せよ」、「詩篇　五三」「詩篇　八七」などに漢字が使用）の「意志の方向」によって達成される。『大学』では、この「新日日新」に「詩云、緡蛮黄鳥、止于丘隅」（『詩経』は可愛い高麗鶯が丘の隅に止まると歌う）が続く。「黄鳥止」の漢字は「ピサ詩篇」（「詩篇　七九」）に、また「止」の漢字は「詩篇　八七」「詩篇　九三」「詩篇　一一〇」などにも援用されている。この「止」の出典は、『大学』の『於止知其所止、可以人而不如鳥乎」（一定の止まる所を知る鳥に人が及ばないで良いのか）である。「黄鳥」は『詩経』秦風の「交交黄鳥止于棘」（こうこうと啼く高麗鶯《こうらいうぐいす》が戦死者の魂の降臨を告げるため山桑の木に止まる）や、小雅の「黄鳥黄鳥無集于穀」（高麗鶯、楮《こうぞ》の木に集まって来ておくれ）にも歌われている。前者は秦の穆公《ぼくこう》に殉教した三人の忠臣への弔歌であり、また死の恐怖と戦った兵士たちへの宋廟における鎮魂歌である。後者は宋廟で自分の不幸な結婚を訴える歌である。この詩句の後には「此邦之人、不我肯穀、言旋言帰、復我邦族」（この国の人は私に辛くあたる、だから私の同族のもとへ帰りたい）が続く。ムッソリーニに共感したパウンドは一九四五年にピサで捕らえられ、国家反逆罪の嫌疑で本国に強制送還され、翌四六年に、精神異常の診断からワシントン郊外の聖エリザベス病院に移され、以降十三年間も病院に軟禁された。だが、そこは詩人が帰るべき同族の地ではなかった。

「黄鳥」は、『大学』の「止至善」（至高至善の地位に止まること）を求める詩人の霊鳥である。『詩篇』の「黄鳥」は、現代の世界大戦の鎮魂歌と同族の理想郷への回帰の歌を歌う。この意味で『詩篇』は祖霊祭祀詩である。「ピサ詩篇」は「森は祭壇を必要とする《アラムヴルトネムス》」の呪文を繰り返す。この霊鳥が止まる「森」は、『論語』顔淵の「樊遅従遊於舞雩之下」の「舞雩《ぶう》」（雨乞いに舞う祭壇）である。この祭壇で孔子＝パウンドが祈るのは、「詩篇 四九」の「瀟湘八景」の山市晴風の泰平、「鼓腹撃壌歌」の純朴な神仙世界への回帰である。『詩篇』の冒頭で冥界へ降りてゆくオデュッセウスの物語の基本構造もイタケーへの帰郷という循環である。『詩篇』は現代の「廃墟」から這い出たオデュッセウス＝パウンドが、新たな「デイオケスの城壁都市」（「詩篇 七四」）を建設する「偉大な沿岸航海」である。この航海の船中には「逛」が象徴する孔子＝パウンドも座る。

孔子は過去の聖天子たちの無為の政治に憧れ、その中に自分の理想を見て取ったが、この孔子理想や思想を取り入れる『詩篇』は、「往聖を継ぎて来学を開く」（『中庸章句』序）の精神に貫かれている。『詩篇』は、過去の理想と思想を現在に受け継ぎ、未来の人々を啓発する歴史を含む叙事詩である。そして詩人が何よりも信じていたのは、「正名」、真の定義、文化の象徴である言葉の力だった。『詩篇』は『論語』衛霊公の「辭達而已矣」（辞は達するのみ）の原則に準拠する。この『詩篇』の「正名」は「躍動的で鮮明な意味をもつ徳」・「明徳」を生み出す。そして「正名」は「黄鳥」の「止至善」にほかならない。

長い流浪の末に故郷の曲阜へ戻る孔子は、紀元前四七九年、七十三歳で世を去る。死の数日前、孔子は「泰山其頽乎、樑木其壊乎」（泰山も崩れ、橋の横木も腐り落ちるだろう）と嘆じたと言う。二つの世界大戦の怒涛が逆巻く二十世紀、パウンドも漢字「逛」が示唆する「喪家の狗」にほかならなかった。「詩篇 七四」で「莫」の漢字を示し、「ノー・マン」（誰でもない者、危機を回避するためにオデュッセウスが一眼巨人キュクロプスに弄した詭弁）と自称する詩人は、「莫我知也夫」（我を知るなきかな、憲問）と絶望する孔子でもあった。しかしこの孔子＝パウンドは「知我者其天乎」（我を知る者それは天か、憲問）と言える「未来に名をもてる者」（「詩篇 七四」）でもある。孔子もパウンドも「下學上達」の日常の歴史を超える高遠な心境に達する。そのヴィジョンは、天心と「天の和気」（「詩篇 八三」）が万物に充溢する素朴で静謐な世界を生み出す。

そして今、新月が泰山と向き合う
ひとは夜明けの星で日々を数えなければならない
木の精《ドライアード》よ、おまえの平安は水のようだ
水溜りに九月の太陽がキラキラと輝いている

（「詩篇 八三」、CA 500）

引用文献

Pound, Ezra. *The Letters of Ezra Pound 1907-1941*. New York: Harcourt, Brace & World, 1950.

——. *Selected Prose 1909-1965*. London: Faber and Faber, 1973.

貝塚茂樹『孔子 孟子』中央公論社、一九七八年

5 世界の部分
『詩篇』とヨーロッパ

富山英俊

最近のニュー・ディレクションズ社版で八二四ページを数える『詩篇』は、ひとりのアメリカ詩人の畢生の長篇詩であるが、そのアメリカ人は生涯の大半をヨーロッパで過ごし、その大作の主題の過半はヨーロッパの文化・歴史・政治から取られている。だが、ヨーロッパだけがそこで扱われるのでなく、アメリカ史も多く言及される（とくに建国期のトーマス・ジェファソンなどの政治文化）。ただし、合衆国がヨーロッパ文明・文化の一部として存在することは自明であり、ときに主張されるその独自性も所詮は限定的なものである（『詩篇』中のアメリカについても、以下に触れる）。その長篇詩はまた、中国文化・政治史を、主に儒教的な見地から多く登場させ、ときには漢字が紙面に出現する。さらに、古代オリエントやアフリカ、オーストラリア等の事例が言及されることもある。

パウンドはその長篇詩を、かれの考える文明・文化の理想と、それを破壊するものとを提示する場所として構想したが（その方法は通常の物語的論述でなくいわゆる「表意文字的方法」）、その理想像とは、かれがヨーロッパとアメリカと東洋（そしてさらに他の諸文明）のうちに発見した最良の諸要素を折衷合体させたもの、よかれ悪しかれきわめて独自のものだった。それは一方で、パウンドが通例のヨーロッパ至上主義者でなかったこと、「キリスト教的西欧」の他から隔絶した卓越性といった発想をもたなかったことを示す（かれはともかく、ヨーロッパの巨大な自損行為としての第一次世界大戦を目撃した世代に属した）。パウンドはむしろ、端的に異教主義に与した。だが他方、かれの理想は、儒教の唱える有徳な皇帝と、賢人政治家ジェファソンと、ファシズムの統領ムッソリーニなどの合成像をも含んでいた。

ともあれ『詩篇』の巻頭は、読者の多くには既知のことだろうが、ホメロスの『オデュッセイア』の第十一巻の一節の翻訳、ティレシアースの予言を聞くための冥府降りの場面で始まる。ホメロス以上にヨーロッパ文学の起源に根ざそうとする志向を示すものはない、とまずは思われるだろうが、冒頭の第六十三行までのうちの、十九行ほどを引用しよう。

そしてそれから船に降りてゆき、
舳先を砕け波に乗りだした、神々しい海に、そして
われわれは帆柱と帆をその黒い船に立てた、
羊を運び入れた、そしてわれわれの体も
泣き声に重く、そのように船尾からの風は
われわれを前に運んだ、孕んだ帆布で、
キルケーのこの業、巧みに髪を飾った女神。［……］
大海は逆に流れた、それからわれわれはキルケーに
告げられた場所に至った。

そこでかれらは儀式を行った、ペリメーデスとエウリュロコス、
そして腰から剣を抜いて
わたしは三尺四方の穴を掘った。
われわれは死者たちのそれぞれに酒を注いだ、
はじめに蜂蜜の酒と甘い葡萄酒、白い小麦を混ぜた水、［……］
暗い血が溝に流れた、
エレブスからの魂たち、死骸のような死人たち［……］
そしてかれは血に力を得て言った、「オデュッセウスは
執念深いネプトゥーヌスを通り抜けて戻るだろう、暗い海を越えて、
仲間たちすべてを失って」。それからアンティクレアが来た［……］

（CA 3-5）

語りはここで中断されるが、探索への船出と死者たちの世界という原型的なイメージが、前後を切られたまま提示される。それは、物語の断片であるからこそかえって、そこに明示されない意義を喚起し、連想の経路を暗示するだろう。そして、生贄の生き血を啜る予言者を描くこの一節は、ホメロスのなかでも古層のギリシャ文明を示すが、暗示を誘う一断片として出現して、人間の深層・古層にある秘儀への執心がパウンドの詩の中核にあったことを表す。つまり、かれが発見し伝承しようと試みた「ヨーロッパ」とは、他の文明とも通底するような諸事象から成っていた。パウンドは基本的には一種の神秘主義者であり、宇宙の生命力と呼ぶべきものとの恍惚のうちなる接触・合体を、もっとも価値ある人間的経験と見なした。それは、秘儀、神話、伝説のうちに伝承さ

れ、中世南仏の吟遊詩人やダンテなどのヨーロッパ古典文学の伏流となった、と理解されていた。要するに、詩法の水準におけるある種の「古典主義」にもかかわらず、パウンドは根本的には広義の「ロマン主義」に属していた。――なお詩人の思想内容のこの側面の概観については（経済思想や、政治的な紆余曲折についてもだが）、三宅昭良の論考「歴史の渦にのみこまれた詩人――パウンドの神話・歴史・錯誤」が要を得た説明を与えている（拙編著『アメリカン・モダニズム』[*1]に所収）。

さて、パウンド邦訳書の注解や、英語原文ならノートン社版の各種のアンソロジー[*2]の欄外註や、数種の注釈書などが記すように、このホメロスは、ルネサンス期のラテン語への翻訳を経由した重訳であり、文体は中世英語詩の翻訳のためにパウンドが創作したものの応用である。その人為的に再発明された古色とでも呼ぶべき朗々たる音楽性を知るには、現在はハーパー社から出ている詩人自身の朗読の録音[*3]を聴くに如くはない（イマジズムの時期のパウンドは詩の文体の現代化を指導したが、『詩篇』は擬古文や聖書的文体をもときに用いる）。――そして、『詩篇』を読むとは、例外的な多言語熟達者や教養人、またパウンドの全著作の隅々にあらかじめ通暁した「専門家」の場合を除くなら、その注釈書を読むこと、注釈とつきあいつつ詩を読むことを意味するのだが、「詩篇一」でラテン語への翻訳者に唐突に呼びかける第六十四行以降は、注釈がなければ理解しがたい部分の一例である。

静かに横たわれディーヴスよ、つまりわたしの言うのはアンドレアス・ディーヴスだ
ウェケリ書店で、一五三八年に、ホメロスから、
（*CA* 5）

これは、語りのさなかにその舞台裏を見せる行為であり、語られることの真実らしさへの集中を重んずる美学からすれば、その均一な表面を乱すものに他ならない。だがパウンドには、作品が過去の文化遺産を編集し展示することを前景化する傾向が見られた。それは、作品がその（自己）批評性を露呈する局面であるが、モダンな文学（広義の「ロマン主義」）一般に広く見られる現象ではある（これについては、たとえば前掲の『アメリカン・モダニズム』の諸所を参照されたい）。パウンドでも、神話的世界の神秘主義的な表出と、編集・展示行為の露呈という二つの方向性は、奇妙に曖昧な二重性として存在しつづける。

それゆえ、たとえば「詩篇 二」は、オウィディウスの『変身物語』の一節の翻案、少年ディオニュソスが悪漢たちに略取された船に奇蹟を起こし、かれらを魚に変身させる一節を含んでいるが、そこにはこんな一節がある。「神が傍らに立っていた、／海水が竜骨のしたを流れすぎる、／海が割れる　船尾から船首へと、／舳先から水の跡が離れてゆく、／そして舷側のあったところに　いまは葡萄の幹、／櫂受けに　葡萄の葉、／重い蔦が櫂の軸に、／そして忽然と　荒い息づかい、／わたしの踝に　熱い息、／鏡の影のようなけだものが、／毛の密生する尾が忽然と」（CA 7-8）。――これは、表層の物語の水準を超えて、もろもろの生命体がその境界を流動的に崩してはまた形成する神話的世界の感触を、強烈に伝える。だがこれは、同時に、博物館の陳列ケースのガラス越しに見る情景のようにも感じられないだろうか。その印象はまた、たとえば同篇中の「波のガラスのきらめき潮の急流は日射しに映えて」（CA 10）といった詩句が伝える、透明な質感に固執するパウンドの想像力の特徴によっても強められる。

だがさて、「詩篇 一」の続きに戻るとして、詩句は二行ほどオデュッセイアに戻ったあと、また唐突に“Venerandam”というラテン語で始まるべつの断片に移る（カタカナ表記は英語以外の言語）。

崇メ奉ジタテマツル

そのクレタのひとのことば、黄金の冠の、アフロディーテ、
きぷろすノ城ハソノ女神ノモノ、歓びに溢れ、アカガネノ色ノ、黄金の
腰布と胸乳の帯、汝は暗い瞼で
アルギキーダの黄金の枝をもたらした。それゆえ。

（CA 5）

“Venerandam”（崇メ奉ジタテマツル）は、周知の英単語の語源だろうと推測がつくが、“Cypri munimenta sortita est”（きぷろすノ城ハソノ女神ノモノ）は、ラテン語を知らないなら注釈を見るしかない。またかりに意味が分っても、これが『オデュッセイア』訳と同じ本に所収の伝ホメロス『アフロディーテ讃歌』のラテン語訳の一節であることは、やはり注釈がなければ知りようもない。――ただし、これは『詩篇』一般について言えるが、こうした詩句は、読者がそのことばの響きを（意味の概略とともに）文明の遺産の標本として感受できるなら、その詩的な機能を果たすのである。さらにこの五行は、意味と響きの砕片をモザイクのように組み合わせている。それは、説明による接合なしに極めて短い断片を配置する技法である（諸「詩篇」の冒頭はこの型で始まるものも多い）。読者はそれらの破片の出典と意味とを確認できるにせよ、その配置の結果は、ちょうどキュビスム絵画の一小面のように、実在を模写する表象としてでなく、ある美的な構成それ自体として感受されるべきなのだ（ここではその意匠は、ある神話的世界の諸印象を喚起する）。

ともあれこれは、詩人の記憶に残る文明の種々の細部を、その精髄の証言として作品中に散りばめる手法の一環であり、初期から続く志向である。大方の読者にとってそれは、ギリシャ語やラテン語等の詩句の響きの標本を耳にする稀な機会であり、美術館や博物館に似た、ある詩的な展示空間への招待となっている。

さて『詩篇』の最初の七篇はほぼ一貫して、神話と伝承の世界、変身物語と中世伝説とがまじりあう世界を、照応しあう断片が配置される意匠として展開する。——たとえば「詩篇 二」はすでに見た少年ディオニュソスの物語、「詩篇 三」はヴェネツィアの記憶とエル・シッドの物語の一節であり、「詩篇 四」は「アウルンクレイア！ アウルンクレイア！」という断片が鳴り響く導入部のあと（ピンダロスとカトゥルスから）、プロクネ神話と中世のカベスタン伝説とが照応させられ（主題は伴侶への復讐のため欺いて食人をさせること）、さらにアクタイオン神話と中世のヴィダル伝説とが重ねられる（主題は窃視と懲罰）、というように。また、アキテーヌのエレオノール（十二世紀）や、吟遊詩人ソルデロとその愛人クニッツァ（十三世紀）といったパウンドの理想の人物たちも導入される。——つまりその辺りまでは、現代世界の逸話も多少は混じるが（その意義は必ずしも摑みやすくない）、神話的世界の華麗な表出が中心であり、多くの注釈が必要であるにせよ、読者はいかにもパウンドらしい詩への通常の期待を満たされる。問題は、詩篇の数が増すにつれ、それがまばらになることである。

そして、ともかく注釈は必要である——古典からの引用だけでなく、フランス語、ドイツ語、イタリア語などの諸語の台詞の断片についても。注釈書としては、キャロル・F・テレルの本[*4]がもっとも包括的だが、最近第二版がでたウィリアム・コックソンの本[*5]のほうが、肝要な語句に焦点を合せて一覧しやすいように注をつけているので、再読の際には使いやすい。というのも、よほどの語学の達人か習慣的な再読者以外は、テクストを再訪するときに、英語以外の語句の意味をすべて想起できるはずはないから。『詩篇』とつきあう際に重要なことは、半年前に読んで理解したはずの意味を記憶していない自分に苛々せずに、まずは語句の響きの美に、あるいは奇怪さに注意を向けることだろう。パウンドを読むときは、意味に過度にこだわらず耳を澄ませるほうがよい、とは詩人バジル・バンティングや詩人批評家ドナルド・デイヴィなど、読みの達人たちが強調する点である。

さて「詩篇 八」以降は、それ以前とだいぶ様子が変わる。まず「詩篇 八」から「詩篇 一一」は、パウンドの理想の英雄、十五世紀イタリアの武人にして美の擁護者シジスムンド・マラテスタの諸活動の一端を、歴史的資料の貼り合わせにより提示する（原語の資料も引用され注は必須）。続く「詩篇 一二」は、現代の泥棒貴族たちに関する与太話を貼り合わせ、「正直な船乗り」なる人物の男色ネタの阿呆話で終わる。それは、アル中の水夫が病院に収容され、そこで売春婦の産んだ子を「おまえから出てきた」と言われてそう信じ、その後改心して働き船団を所有する富豪となるが、臨終の際には立派に育った息子に、だれが父母であるかの真実を告白する、というお話である。原文は、その後も頻出する特異な綴り字による音声表記の一例なのだが、訳してみるなら、――「「おめえはお父様といったがおらはちがう／おらはおとうでねえ／おらはおめえのおとうでねえ、おかあだ」、そいつはのたもうた、／「おめえのおとうはスタンブーリの金持ちのあきんどだ」」（CA 57）。――『詩篇』には実は、こういう部分もかなりある（なおそうした音声表記の一部は、ユダヤ人などの外国人訛りを、ときにかなりの悪意をこめて転写する）。

つづく「詩篇 一三」は孔子と弟子たちの対話を導入し、ついで「詩篇 一四」から「詩篇 一六」

は、悪徳商人や金融資本家が地獄に落とされる様を糞尿譚的に描く。そこでの「地獄」の描出は「ダンテ的」と言えば言えるが、これに対してはエリオットの「パウンドの地獄は、他人のための地獄にすぎない」という有名な（かつ妥当に思われる）批判がある。そして「詩篇 一六」の最後は、第一次大戦の悲惨と革命の兆候を（曖昧に）語る声たちの断片的な引用で終わる。——なお、第一次大戦の悲惨への憤激に由来する社会問題へのこの関心は、特殊な経済思想への傾倒に至り、ついにはファシズム支持と反ユダヤ主義的言動とに至ったが、その経緯の詳細については、前掲の三宅昭良の論考などを参照されたい。

ここで『詩篇』の構成と出版順序とを確認するなら、はじめ一九一七年に雑誌に三篇が発表されたが、その形態は放棄され、二五年に「詩篇 一六」までが出版された。その際は試行錯誤の要素を自認して「草稿」という語が題名に含まれたが、けっきょく最後まで作品が再構成されることはなく、その後は新しい詩篇の付加が繰り返される。[*6]

三〇年には、「詩篇 一」から「詩篇 三〇」までを纏めた本が出た（これは今日にいたるまで、独立した分冊として手に入る）。[*7]『詩篇』の二度目の出発と呼ぶべき「詩篇 一七」は、冒頭の「それゆえ葡萄の蔓がわたしの指から迸り／花粉を重く纏った蜂たちが／葡萄の蔓のあいだを重たく動く［……］」（CA 76）以下、神話的世界を見事に表出する。

だが「詩篇 一八」以降は、政治的・社会的関心を示す部分が多くなる——しかも、パウンドの関心の方向をあらかじめ他の著作や研究書によって知らない人間には、唐突に思える逸話や会話の断片の提示によって。詩人は、それらはその意義をみずから表示する細部であり、それらを併置すれば諸価値の階層秩序を明示できる、と信じていたようだが。これについては詩法のうえの基本的な錯誤を認めるのが妥当でないか、というのが私見である。だが他方、筆者の好みをいえば、詩人の関心を理解できる場合は、不思議な綴り字で表記された得体の知れない台詞を読むこともそれなりに面白い（それらを詩行へと編成する際には、パウンドの優れた耳がやはり機能しているから）。

主題としては、たとえば「詩篇 一八」は、フビライ汗の通貨の話のあと、コンスタンティノープル出身で大英帝国に怨恨のあるメテフスキーなる武器商人の逸話になる。「詩篇 二一」にはジェファソンが登場し、「詩篇 二二」には詩人の祖父が現れるが（注釈なしでは分からない）、下院議員を務めた祖父もまた独占企業・金融資本と戦った英雄であったことがそこで確認される。

さて、文明に敵する破壊的要素を扱う逸話中心の詩篇にも、それと対比されるべき肯定的要素の標本を示す詩句が置かれることはあるが、「詩篇 一七」から「詩篇 三〇」のなかで、神話的・神秘主義的な要素を集中して扱うのは「詩篇 二〇」である。その主要部は、後妻と、それと密通した息子との二人を殺した十五世紀のフェラーラの城主ニッコロ・エステの譫妄状態の意識という設定のうちに、オデュッセウスの放浪や、『ロランの歌』のロランの死といった主題を登場させる。[*8]――ただしそこでは、エステの意識が視点として設定されているが（「エステ、ニック・エステが話している」という行が出てくる）、ある視点に諸事象が現れることと、諸事象が作品のことばの表層に併置されることとの区別は、こうした詩篇ではあまり機能せず、読者は所詮は後者のように読む、というのが私見である。

そしてオデュッセウスについては、その部下たちの運命を歌う、以下のような一節がくる。――「オデュッセウスといてなんの利益があった、／渦巻きのなかで死んだものたち／そして多くのむなしい労苦のあと／盗んだ食物で生き、漕ぎ椅子に縛りつけられた、／やつが偉大な名声を得るために、／そして夜には女神の傍らに寝るために？ ［……］／与えよ！ かれらはなにを与えられたか？／耳に詰める蠟だ。／毒と耳に詰める蠟だ、［……］」（CA 93-94）。

パウンドは明らかに、ギリシャ文明を理想視していない。ここで「蠟」はもちろん、オデュッセウスがわが身だけは帆柱に縛ってセイレーンの歌声を聴き、部下たちはただ漕ぐように耳をふさいだその手段だが、アドルノとホルクハイマーの『啓蒙の弁証法』もまた、啓蒙的理性がその対極のはずの野蛮の暴力を伴うという西洋的理性の逆説を示す寓話として、これを扱っていた。そしてパウンドの三八年の評論集『文化への案内』はまた、アリストテレスの『ニコマコス倫理学』が第一級の知性の産物であるか否かを、孔子との対照で、みずから批判的に確認しようとする一章を含む。その判断が妥当かどうかは別として、パウンドは並みの西欧優越主義者とは隔絶していたことは事実である（だが他方、儒教道徳を周囲に及ぼす賢人君主による統治といった政治像をそのまま受け入れるあたりが、かれの精神の働きの理解しにくい部分である）。——なお、付言すれば、右の個所があるにせよ、パウンドとオデュッセウスとの同一化は抹消されず、その後もその主題は間欠的には出現する（ただしそれを、この長篇詩の全体を繋ぎ止める視点と考えるかは、解釈の問題となる）。

「詩篇 一七」から「詩篇 三〇」までの構成に戻ろう。政治に関わる逸話的な部分が多くなり（二三や二九は「抒情的」だが）、メジチ家やヴェネツィアの頭領たちが扱われ、「詩篇 二七」の後半は「革命同志」（ロシア語の“tovarisch”）を、美の女神の三姉妹「カリテス」が憐れむという不思議なバラッド詩風の部分となる。そして「詩篇 三〇」（の前半）は、酷薄であるべき女神アルテミスが過度の寛容を示すことを非難する歌であり、武断政治への憧れを表明するかのようだ。

要するに『詩篇』とは、もちろん関心の一定の継続性を認めることはでき、併置される主題の諸系列の図式を作ることもできるにせよ、パウンドが関心の赴くままに書き継いだ多様な諸詩篇の順不同の連鎖である。価値の階層秩序における最良のものと最悪のものとの提示ではあるが、否定的なものは主に醜悪な戯画として描かれる。そして（後出の「ピサ詩篇」以外では）、両者を包括して見るような倫理的な視野の広さを読者はあまり感知できないという批判は、私見では、正鵠を射ている。

具体的な読書については、分冊ごとに、その執筆時期を念頭において読まざるをえない（三〇年代後半には、量も多くなり均衡を逸してゆく）。だから、現在の分厚い一巻本についても、分冊ごとに別の本があるように扱う方が読みやすい（筆者はじつは分冊ごとに古本を入手して、それを読んでいる）。

というわけで分冊ごとの紹介に戻るなら、三四年には「詩篇 三一」から「詩篇 四一」までの集成が出たが、歴史を主に扱う。三一から三四まではジェファソンを中心としたアメリカ史、三七は大統領ヴァン・ビューレン、三八は異端的な経済思想家ダグラスを登場させ、最後の「詩篇 四一」には、詩人がムッソリーニに短時間会えたとき賜ったお言葉が引用される（詩人がそこから徐々に自己欺瞞と妄念へと転落した経緯については、三宅昭良の論文をもう一度挙げておきたい）。

だが詩人にとっては、儒教的かつジェファソン的かつムッソリーニ的な政治は、農本主義的な経済思想の正義の実現をめざし、そこでの自然の生産力の肯定は、宇宙的な生命力の神秘を祝福することと合致するはずだった。しかもそれは性愛と、また死との接触と密接に絡まる。その分冊で後者が純一に現れるのは、「詩篇 三六」であり（カヴァルカンティの愛の形而上学を歌う詩の翻案）、また「詩篇 三九」である（魔女キルケーの秘薬や、植物神アドニスの復活を扱い、最後は女が神の子を孕む秘儀が歌われる、角川書店版『詩集』には邦訳あり)。

ついで三五年に出た『第五の十の詩篇』は、四二から五一を含むが、これも政治的関心が中心的であり、「高利」が文明を破壊する悪であることを聖書的な崇高さで弾劾する「詩篇 四五」はとくに高名だ(詞華集の定番である)。そのなかで、「詩篇 四七」は「詩篇 三九」のいわば展開であり、オデュッセウスとティレシアースやキルケーとの関係、アドニスの死と再生の秘儀、自然と人間の生命力の交合を謳いあげる(角川書店版『詩集』に所収)。——冒頭は、ティレシアースを求めるオデュッセウスについてこう歌う。「死んでなお、その精神を完全に保つものよ!/この音は暗闇にひびいた/最初に汝は道を行かねばならない/地獄へ/そしてケレスの娘プロセルピーナの森へ/覆い被さる暗闇を抜けて、ティレシアースに出会うために、/すなわち盲目の、亡霊、冥府にいて/叡智にかくも満ち、牛の如く頑健な男もかれほどに知ることはない[……]」(CA 236)。

こうした部分は、圧巻である。だが作品の構成という面では、読者のなかには、この辺りの展望を得れば、二〇、三九、四七などだけを主に再読するひとも多いだろう。そして、その読みの習慣のなかでは、オデュッセウスという中心的人物があるとも見えてくる(それは、読者による実質的な作品の編集行為ではある)。他方、それらの篇と、ページ順では隣接する諸篇との関係を問えば、実際は切り離して扱う読者も多いだろう。

この「詩篇 四七」と、中国の湖水風景を扱う「詩篇 四九」を除けば、その分冊は基本的には社会的・政治的な関心を表す。四二から四四は、自然の生産力に基づく十七世紀シエナの理想的な銀行を称え、四五はすでに述べた高利への呪詛だが、四八などにはユダヤ系金融資本への敵意も姿を見せる。「詩篇 五一」は「かがやく/天の精神において 神」(CA 250)と歌い始まるが、最後は英独共存を唱えるナチスの副総統ルドルフ・ヘスのことばを引用し、高利の怪物ゲリオンを名ざし、十六世紀の反ヴェネチアの「カンブライ同盟」なるものを指示して終わる。

その後の『詩篇』は、大方の見るところ、均衡をますます逸してゆく。四〇年に出た次の長大な分冊は、前半が「中国詩篇」である（五二から六一）。冒頭の「詩篇 五二」などには農本的な宇宙秩序の感覚を示す優れた部分もあるが（また反ユダヤ主義の兆候もある）、以下、儒教道徳の観点からの中国史記述が延々と続けば、これを何度も再読する読者はかなり少数だろう。後半の「アダムズ詩篇」（六二から七一）は、ジョン・アダムズほかの活躍を歴史的事象の貼り合わせによって伝えようとする。興味深い部分もあるが、やはり長すぎるというのが大方の印象だろうか。

そして、みずからを歴史に投げ込んだ詩人は難破し（その間にイタリア語で書いた詩篇は現在の版本には入っている）、四五年にはピサのアメリカ陸軍軍事収容所に収監されたが、そこで草稿を綴った『ピサ詩篇』がつぎの分冊となった（思潮社版『詩集』には主要部分の訳が所収、〇四年にはみすず書房から全訳が出た）。「詩篇 七四」から「詩篇 八四」にいたるそれらの詩篇では、収容所の現実と、種々の文化の精髄の記憶が比類なく流動的に入り交じり、自在な詩形のうちに変奏されつづける。さらに、虜囚となった衝撃のなかでの自省・改心が、読者もその流れに共振できるような感情の強度を生んでいる（ただし詩人が、文明の諸価値を守るためのファシズム運動という理解を捨てていないことは、一読すれば歴然とわかる）。――なおその後の分冊は、聖エリザベス病院収容中やイタリアへの帰還のあと作られた『鑿岩詩篇』（一九五五年）や『玉座詩篇』（一九五九年）など、概ね自己確信の殻にまたもどって、理想の文化と経済社会の像を多文化折衷的に提示しつづける（そのなかにも、また「詩篇 一一〇」以降の最後の断章的な詩篇にも、内省的かつ抒情的な珠玉の断章は存在するが)。

そして「ピサ詩篇」に戻れば、ヨーロッパの廃墟での詩人という自己像も示されるが、「詩篇 七四」の冒頭では、まずムッソリーニとその愛人の処刑を、「その農夫の曲がった背中の夢の巨大な悲劇/マニ! マニは皮を鞣されて詰め物をされた、/そのようにベンとラ・クララは みらのデ/踵から吊されてミラノで/蛆虫どもが死んだ 雄牛を喰らうように」と提示する。そのあとに来るのは、

ディオケスの都市を築くこと その階は星々の色だ。
しなやかな眼ざし、おちつき、嘲るそぶりもなく
　　雨もまた道の一部だ
おまえが離れたものは道ではない
そして風のなかに白く吹かれるオリーブの木は
キーアンとハンの河に洗われる
どんな白さをおまえはこの白さに加える
　　いかなる潔白を?
　　　　　　　　　　　　(CA 445)

という一節だ。ここでは、このあと夥しく参照されるヨーロッパの諸事象のまえに、古代オリエントの王国(ディオケス)と中国(「道」、キーアンとハン)の事象が、自然と人間社会のあるべき秩序の一環として挙げられる。それらの多文化からの断片の記憶が渾然と織りなされる詩句は、音楽

的にも絶妙なものだ。
だが他方、ピサ詩篇の終幕近くには、「ウェイ、カイ、ピーカン／インではこの三人が人間性（人間らしさ）に満ちていた／あるいはイェンに」と古代中国の事例を引いたあと（「イン」は殷、「イェン」は仁である）、

万歳ヲ　アレッサンドロに
　万歳ヲ　フェルナンドに、ソシテ頭領ニ
ピエール、ヴィドカン、
　アンリオに
（CA 559）

という部分がくる。その直後には、軍需産業への信託基金からの利得を拒絶した妻の事例が引かれ（これも注を読んで分ること）、ジョン・アダムズと中庸の理想が「中」という漢字を挙げつつ賞賛されるのだが、さて、ここで「頭領」はムッソリーニ、「ピエール」は第二次大戦中のフランスの対独協力政府で首相を務めたラヴァル、「アンリオ」はその悪名高いユダヤ人迫害者だと知ることは（ここでかれらはすでに殺害された・刑死した人物として列挙されているにせよ）、『詩篇』におけるヨーロッパへの読者の反応に、やはり影響しないはずはないだろう。

注

＊1　富山英俊編『アメリカン・モダニズム』せりか書房、二〇〇二年。

＊2　たとえば、Nina Baym et al. ed. *Norton Anthology of American Literature*, 5th ed. W. W. Norton, 1998.

＊3　Ezra Pound, *Ezra Pound Reads: A Poetry Collection*, Harper, 2001.

＊4　Carroll F. Terrell, *A Companion to the Cantos of Ezra Pound*, Univ. of California Pr. 1993.

＊5　William Cockson, *A Guide to the Cantos of Ezra Pound*. 1985. New York: Persea Books, 2001.

＊6　ちなみに邦訳では、新倉俊一編の小沢書店版『エズラ・パウンド詩集』は、一六まででは一、二、四、六、九、一三、一四、一六抄を載せる。城戸朱理編の思潮社版『パウンド詩集』は、一、三、四をまず載せる。

＊7　Ezra Pound, *A Draft of XXX Cantos*. New York: New Directions, 1990.

＊8　邦訳は、思潮社版と、以前の七六年の角川書店版の新倉訳『詩集』に含まれる。また『Ezra Pound Review』（日本エズラ・パウンド協会の機関誌）の創刊号には土岐恒二訳がある。

6 『ピサ詩篇』以前／以後

『詩篇』とファシズム

平野順雄

1 『ピサ詩篇』までのファシズム

アメリカからヨーロッパに渡ったパウンドが『詩篇』で行ったことは、自らをオデュッセウスに見立てて、さまざまな時代のさまざまな英雄を讃美することだった。パウンドが讃美したのは、文化を保護し、推進した、力ある英雄たちである。『ピサ詩篇』までにパウンドが讃美した英雄は、リミニとフェラーラの領主となった傭兵隊長シジスムンド・マラテスタであり、アメリカ建国初期の大統領ジョン・アダムズであり、中国では孔子だった。そして、こうした英雄の中に、イタリアにとって大問題であった治水事業を断固として行い、ファシスト党結成によって劣悪な労働条件と貧困から労働者を救った英雄（CA 202-203）、高利（USURA）と戦う救世主として、ムッソリーニが加わっているのである[*1]（CA 231）。

ある人物「一人」（one man）の途方もない力によって、歴史が激しく前へ動くという考えが『詩篇』とファシズムには共通している。そして、その「一人」が、イタリア・ファシズムにおいてはムッソリーニなのである。社会主義勢力、中産階級の勢力、および資本家層の勢力、そしてそのいずれにも属さないマージナルな層の勢力など、種々さまざまな勢力を利用する必要から、ファシズムは一枚岩としての性格を呈するよりは、首領《ドゥーチェ》ムッソリーニの瞬時の判断による変幻自在な性格を呈していた。極論すれば、イタリアにおけるファシズムとはムッソリーニだった。

ファシズム体制に協力する芸術家や知識人は多かった。未来派の指導者マリネッティはムッソリーニと長年の盟友だったし、古のローマ再興を夢見る詩人ダヌンツィオは熱烈なムッソリーニ支持者だった（Tisdall and Bozzolla 202-208）。パウンドについて言えば、外国人としてイタリアに住み続けるためには、ファシスト政権に協力する必要があった。長い旅路に耐えられない父親を伴ってアメリカへ帰国することができない以上、銀行預金の引き出しを停止されているパウンドは、ローマからアメリカへ向けてラジオ放送をするようにという政府からの提案を受け入れる他なかったのである（Redman 213）。ただし、パウンドは消極的だったわけではない。

パウンドのファシズム支持は、ムッソリーニ支持と同一だった。パウンドにとって、ムッソリーニは経済改革を断行し、秩序を回復する「ボス」だったのである。「ムッソリーニは常に正しい」というスローガンはイタリア中で聞こえていた（Redman 104）。そして、ムッソリーニの徳を孔子の汚れない徳と並べて讃えるパウンドにとって（*CA* 515）、ムッソリーニ処刑の打撃は激烈だったに違いない。パウンドの夢見た理想国家の建設が灰燼に帰したことを如実に示す出来事だったからだ。しかも、ムッソリーニと愛人クララは、コモ湖畔ドンゴで一度銃殺刑に処された後、わざわざミラノまで運ばれ広場で逆さ吊りにされたのである。ムッソリーニはパルチザンによって「二度殺された」のである。前年パルチザンを処刑したミラノの広場で、今、処刑されているのはムッソリーニの方だ。彼の樹立しようとしたファシズム国家が打ち倒されたことを視覚化するように、ムッソリーニは逆さ吊りにされて人々の目に曝されている。『ピサ詩篇』が始まるのは、まさにこの夢の廃墟からなのである。

農夫の曲がった肩にひそむ夢の桁はずれた悲劇――
ああ、マニは日に晒され詰め物をされた
そしてミラノでムッソリーニとクララも
　ミラノで踵から吊された
死んだ雄牛を蛆虫どもがむさぼるために。
ディオニソスは「二度生まれた《ディゴノス》」が
　二度はりつけにされた者が　歴史のどこにいるか

(CA 445)

引用一行目は、一九三四年にムッソリーニがイタリアの全農民に対して八十年以内に家を持てると約束したことへの言及である。二行目の「マニ」は、ペルシャの賢者でマニ教の創始者を指す。マニは、善なるものと悪しきものが同じ力をもって存在すると説いたために、磔にされた。その死体は皮を剝がれ、藁の詰め物をされたのである。三行目以下が、ムッソリーニとその愛人クララの死体が逆さ吊りにされたことへの言及であることは、すでに述べた。だが、「雄牛」(bull)が「ボス」(boss)と語源的に等しく、殺された今、「雄牛」であった「ボス」が「去勢牛」(bullock)になり下がり、「蛆虫ども」(パルチザン)の餌食になっている、というカシッロの意見は興味深い(Casillo 49)。六行目の「ディオニソス」は、その名が表わすとおり「二度生まれた者」なのだが、これに比べて「二度はりつけにされた」ムッソリーニの死に様にパウンドは憤り、秩序のなくなった時代を呪っているのだ。

以下、『ピサ詩篇』は、パウンドがこの打撃から回復するために、二度死んで二度蘇る様子を描く。その過程で、自分の手で地上に美を作り出そうとする行為そのものが驕りだったと悟り、自分の驕慢を打ち据える次の詩句を見られたい。

おまえが深く愛するものは残る
　　　　　　　　　　　その他は滓だ
（中略）
蟻は自分の竜の世界のケンタウロスだ
おまえの虚栄をひきずりおろせ、人間が勇気をつくったのでも、
秩序や美をつくったのでもない。
　　おまえの虚栄をひきずりおろせ、おろせと言うのだ
秩序のある創造や本当のたくみのなかで
おまえのあるべき位置を　みどりの世界に学べ
おまえの虚栄をひきずりおろせ
　　　　　　　　　　パカンよ、おろすのだ！
みどりの小箱は遥かにおまえの優雅を凌いできた。

（CA 540-41）

虚栄に満ちた男の代表としてパリの洋服屋「パカン」が罵倒されているように見えるが、もちろんそうではない。パウンドが罵倒しているのは自分自身である。パウンドは自分のことを増長して「ケンタウロス」だと勘違いした「蟻」にたとえ、妄想を剥ぎ取られた自分自身がどれほど卑小であるのかを暴いている。そして、「秩序」や「美」を作り出せると信じた自分の傲慢さを打ち据えているのだ。

この箇所でパウンドは激しい自己処罰をしているだけではない。行われているのは、「みどりの世界」によるファシズム超克なのである。引用最終行の「みどりの小箱」は、スズメバチの幼虫が入っている泥のビンを指す。母のスズメバチが泥で家を作り、子を産み、幼いスズメバチを育てる営みこそが「秩序のある創造」であり、「本当のたくみ」なのだ。これこそが「みどりの世界」の営みなのである。ここで、『ピサ詩篇』の内容を整理しておこう。

『ピサ詩篇』でパウンドが行なったことの第一は、ムッソリーニ処刑の打撃に耐えるために、自らが詩中で二度死ぬ象徴的殉教を行い、ムッソリーニを磔にされたキリストと同等の神の位置に高めることだった。第二は、ギリシャ・ローマ神話の美と孔子の倫理にある美とを融合させ、その融合空間に、ピサの収容所から見えるカラーラの山々を中国の霊山「泰山」と二重焼きにして浮かび上がらせることだったのである。

第一の無理のあるムッソリーニ神格化は、パウンドが収容所で発見した「みどりの世界」のより大きな論理によって乗り越える事が出来た。これは、パウンドがファシズム絶対化から免れたことを意味する。だからこそ『ピサ詩篇』の最終「詩篇 八四」で、パウンドはピサの空を見上げながら初めて「この美しいすべてから何かがきっと生まれるだろう」（CA 559）と、断言できるのである。

だが、パウンドがピサの空へ投射したヴィジョンは、明確な像を結んではいない。したがって、地上にいるパウンドの精神は救われても、彼の肉体が救われることはないのである。それにもかかわらず『ピサ詩篇』は、パウンドがムッソリーニ亡き後の魂の暗夜を抜け出たことを深い喜びと共に確認してこう閉じる。

霜が白くテントに凍りつく日には
夜が過ぎるとき　おまえは感謝の祈りを捧げるだろう。
(CA 560)

だが、『ピサ詩篇』以後、パウンドは、地上の肉体を天上へ押し上げるために、天上のヴィジョンを地上に定着させる努力を続けなければならないのである。それが『鑿岩詩篇』、『玉座詩篇』、『草稿と断片』の要諦に他ならない。しかし、そこへいく前にパウンドの反ユダヤ主義を見ておこう。

2 反ユダヤ主義

反ユダヤ主義と高利（USURA）に対する怒りは切り離せない（Redman 220）。高利のもたらす破壊的な力を列挙する「詩篇 四五」では、人間のありとあらゆる創造行為を堕落させ、破壊するものとして高利が描かれる。列挙される創造行為とは、天国のヴィジョンを描くこと、芸術を奨励すること、パンを作り、文を作ること、明確な境界線を引くこと、機織りの仕事、牧羊、刺繍、糸車を回すこと、教会建築、絵画・彫刻の制作などである。「詩篇 四五」の結びはこうだ。

高利《ウーズラ》は胎内の子供を殺し
若者の求愛をとどめる
高利はベッドに中風をもたらし
若い花嫁と花婿の間に横たわってきた

ひとびとはエレウシスに娼婦を連れてきた
高利の命令で
宴会に屍が並べられる

（CA 230）

自然に逆らって

「子供を生む」という自然の営みを高利《ウーズラ》が妨害するばかりか、若者にとって自然な「求愛」行動を妨げ、夫婦の性愛を枯らし、「若い花嫁と花婿」の間で行なわれるはずの神聖な性交を阻むのである。聖なるヴィジョンを見せる性交が神聖である事は、熱狂的に歌われていた。「神聖な、神聖な、性交のひかり」（CA 180）と。

だから、「自然に逆らって」（CONTRA NATURAM）いる高利は、豊饒祭式に逆らっていることにもなる。ここで言及されている「エレウシス」とは古代ギリシャの町で、豊饒の女神デーメーテールの秘儀が行なわれた神殿があるところだ。しかし、巫女がいるべきところに「娼婦」が連れてこられ、「宴会に屍」が並べられるなら、いかにエレウシスの町でも豊饒祭式は成立しようがない。だから、「高利」が「地上に天国を建設しようとする人間の敵」となって『詩篇』の劇を構成する、というテレルの説は頷けるだろう。[*2]

利子による蓄財を目的としない市民のための銀行がシエナにできたことを讃える「詩篇 四二」、「詩篇 四三」、「詩篇 四四」が、高利（USURA）に対する戦いであることは間違いない。そして、高利が「反自然」であるなら、健康な自然を回復するためには、高利によって蓄財をなす者たちや、その者たちの作ったシステムを打ち倒さなければならないだろう。政治を動かし、高利をむさぼる者の象徴である「わずかの大物ユダヤ人」（few big jews）（CA 257）をパウンドが標的にしているうちはまだいい（Redman 220, 246）。だが、「小市民のユダヤ人」（the small jew）を含めたユダヤ人全員を無差別に標的にしていく時（Redman 243, 268; Casillo 37）、パウンドの反ユダヤ主義はヒトラーのユダヤ人種絶滅政策に異常なほど接近するのである。

一九四四年三月十二日付けの新聞「アレッサンドリアの人々」（*Il Popolo di Alessandria*）に、パウンドはこう書いている。

ヘブライズムは、人種ではなく病気だ。ある国家が滅ぶとき、ユダヤ人は腐肉にたかる細菌のように増殖する。あらゆる病気と同じなのだ。

「エズ・P」（Ez. P.）という署名で書いた記事のタイトルは「人種すなわち病気」（"Race or Illness"）だった（Redman 243）。ここまでくると、パウンドの反ユダヤ主義が、高利（USURA）をむさぼる者たちに対する怒りという限定を超えていることは明らかである。

一九三三年ヒトラーが首相に就任すると、ナチスドイツは反ユダヤ主義を行使し始める。新たに大臣に選ばれたゲッベルス博士は、四月一日のラジオ演説で「ドイツはユダヤ人種を絶滅させるだろう」と語った。この時、「ドイツ国家からユダヤ人を排除すること」が合法化されたのである(Nolte 177-78)。そして、一九三七年から一九三八年にかけて、強制収容所は大規模化し、重要性を増していった。ヒトラーとドイツ警察長ヒムラーが目的としたのは、ユダヤ人種の絶滅だったのである(Nolte 203-04)。

右に挙げた新聞記事で、パウンドは、ユダヤ人種を絶滅させるべきだとは言っていないが、「大物ユダヤ人」に限定されていた反ユダヤ主義が、ユダヤ人全員に対する無限定な恐怖と憎しみに変わっていることは見て取れよう。パウンドはラジオ放送でも「千年王国の予言とユダヤ人からの救済の主題を繰り返していた。救世主はムッソリーニとヒトラーだった」。パウンドはラジオ放送で「この世の悪を正している」つもりだったのだ(Casillo 293)。『詩篇』の終わり近くにも、反ユダヤ主義は顔を出している。

悪とは高利、ヘブライ語で高利《ネシエク》
蛇だ
高利《ネシエク》の名は知られている、汚すものだ、
人種をこえて人種を
汚すもの
ギリシャ語では　高利《トコス》　ここに悪の中心がある《ヒーク・マリ・メディウム・エスト》
ここに悪の核心がある、終わりのない燃えさかる地獄が、
ここにあらゆるものを腐敗させる害毒が、害虫のファフニールが

国家と、あらゆる王国の梅毒がある　（CA 818）

反USURAの主題がここに出ているだけだとも考えられるが、パウンドが書いた新聞記事を見たわれわれは、「人種をこえて人種を汚すもの」という表現や、「害毒」、「梅毒」などの病気の比喩に、ユダヤ人に対する恐怖と憎しみを見ないではいられないのである。引用の終わりから二行目の「ファフニール」はワグナーの『ニーベルンゲンの指輪』に登場する巨人で、竜に変じて、財宝を盗む。太陽神の神話では、太陽の光を奪う暗闇を指すという（Terrell 724-25）。それがユダヤ人だと詩は言っていることになるだろう。

しかし、この詩篇は一九四一年頃の作だから、『ピサ詩篇』（一九四八）以前、それも第二次世界大戦終結以前の詩ということになる。したがってこの詩の内容に、『ピサ詩篇』で「みどりの世界」を発見したパウンドはファシズムへの傾倒から解放された、という考えを適用することは出来ないことになる。むしろ、われわれは『ピサ詩篇』以後の詩篇の中に、反ユダヤ主義があるかどうかを見なければならない。

永遠の戦争
一六九四年。これによって無から作り出すのだ
（中略）
永遠に。
私は永遠に歌う、

私は『大学』を信じる。
ベラシオーかトパーズ、壊れないものだ
その「玉座」は、神の座るところ
壊すことなく

（CA 599-601）

「一六九四年」は英国銀行が設立された年である。先行する詩篇で、銀行は国家と結託し、利子によって無から利益を創り出すと喝破されていた。ならば、銀行が高利（USURA）を得るために国家と組んで絶え間ない戦争を引き起こすのも当然である。この悪の定式化に対抗するのが、高利に汚されない真実を「永遠に歌う」戦いとなる。この戦いによってこそ天国のヴィジョンが見えるのだというのが、引用箇所の要旨である。「ベラシオー」はイタリア語で、一種のルビーの名である。『大学』を信じるとは、個人の修養と国家の平和が直結していることを信じることを意味する。だから、そういう「私」が「永遠に歌う」ことによって、高利で覆われた闇の世界に「壊れない」宝石で出来た「神の座る玉座」を作るという覚悟がこの詩篇の主題なのである。

しかし、この反ウーズラ詩篇が、そのまま反ユダヤ主義だと言えるだろうか。私は言えないと思う。パウンドの反ユダヤ主義は、ある時期、危険なほどヒトラーのユダヤ人種絶滅政策に近づいたのだが、それ以後は少なくとも『詩篇』テクスト内に顔を出すことはないのである。一九六七年、パウンドはアレン・ギンズバーグに対して「私が犯した最大の過ちは、愚かで偏狭な反ユダヤ主義という偏見を持ったことだ」と告白しているが（Carpenter 899）、ユダヤ人を「人類の敵」（Casillo 130）、「病原菌」（Casillo 279）、「悪臭」（Casillo 117）と見るパウンドの激烈な反ユダヤ主義は、ラジオ放送には顕著であっても、『詩篇』テクスト内であらわになることはほとんどなかったのである。
さて、われわれは最後にもう一度、パウンドとファシズムの関係を確かめておこう。

3　『ピサ詩篇』以後のファシズム

一九四二年五月二十六日にアメリカへ向けて行ったラジオ放送で、パウンドはこう語っていた。「諸君が行なう（中略）どんな改革も、正しい物価への動きも、市場制御もムッソリーニとヒトラーを讃える行為なのだ。（中略）諸君の政府が行なうどんな建設的行為も、ムッソリーニとヒトラーに追随する行為なのだ」と（Norman 394）。

しかし、一九四三年九月にイタリアが連合軍に降伏し、一九四五年五月七日にドイツが無条件降伏した後に、取り調べを受けたパウンドの言葉からは、ムッソリーニとヒトラーを讃える激烈な調子は消えている。一九四五年、パウンドはジェノアで調査官にこう語る。「ラジオ放送で、私はファシズムの経済改革に対して好意的に語りました。ムッソリーニは大変人間的ですが、不完全な人物で正気を失ったのです」。また「ヒトラーとムッソリーニは孔子に従っている間は成功していたのです。孔子から離れだすと二人とも失敗したのです」と語り、ヒトラーを「ジャンヌ・ダルクのような聖者」にたとえ、「殉教者」だとして「多くの殉教者のようにヒトラーは見解が極端でした」と言っている（Norman 396）。

こういう言葉だけ見ると、パウンドは日和見主義者に見えるかもしれない。しかし、調査官に語る言葉ひとつで生命の長さが決まる状況下で、敗戦国の首領《ドゥーチェ》と総統《ヒューラー》を少しでも評価する発言をするには、通常の勇気を超える勇気が必要だったことは言うまでもない。

われわれが問題にするべきなのは、『ピサ詩篇』以後の「詩篇」の中でムッソリーニがどう扱われているかである。実例を見よう。

「なぜ君は望むんだね
――なぜ君は自分の考えを
秩序立てて表現したいんだね？――」
三二年のことだ
（CA 589）

これは、「一九三二年に」ムッソリーニがパウンドに尋ねた言葉を、パウンドが思い出して記している箇所である。同じ言葉が少し先で二度繰り返される。「「なぜ秩序立てて？」（君の考えを表現したいんだね）／とムッソリーニは言った。」（CA 621）。

あるいは「なぜなんだ」とボスは言った
「君は考えを秩序立てて述べたいんだ？」と
「私の詩のためです」
（CA 646）

以下ムッソリーニへの言及があるところは、自らの不明を恥じる悔しそうな諮問官の科白「われわれがムッソリーニを操れると思ったのに」（CA 706）や、サロ共和国[*3]の首班となったムッソリーニが行なったヴェローナ宣言の言葉遣いが正確なことを讃えるものである。ムッソリーニは財産「の」

権利ではなく、財産「に対する」権利と書いたのだ。これは『ピサ詩篇』でムッソリーニを讃える根拠になっていたことだが（CA 498）、この『玉座詩篇』では「「のではなく」（ヴェローナ）」とだけ記して（CA 737）、かつての熱烈なムッソリーニ讃歌の残響が感じ取れるように工夫してある。そして、最後のムッソリーニへの言及は以下のとおりである。

秩序《コスモス》のある世界をつくるために——
可能なことを実現するために——
ムッソリーニは、ある錯誤のために滅んだ
とはいえ、その記録は
　羊皮紙に書いた文字——
ささやかな光だ
　大いなる闇の中の——
（CA 815）

『ピサ詩篇』以後の「詩篇」にムッソリーニへの非難が一つもないことが分かるだろう。そして、ここにはファシズムへの熱狂的な支持は既にない。ただ、英雄でありえた人物の廃墟を見る詩人の眼があるばかりだ。それは、高利の「大いなる闇」に覆われた世界に「ささやかな光」の秩序を打ち立てようとして滅んだ同志を見る同情の眼なのである。

そして、自分の肉体を天上に押し上げるために書かれた『鑿岩詩篇』『玉座詩篇』『草稿と断片』には、自己救済のプログラムを作成しながら、ふと目の前の風景に天国を見出すパウンドの姿が描かれている。『ピサ詩篇』以来の課題であった自己救済は、何よりも大切だったはずである。その課題を果す途中で、こともなげな身辺のありように絶妙な美を見出し、課題を忘れてしまうパウンドは常人の理解を超えている。だが、想像を絶するパウンドのこの力が、ムッソリーニに対する余りにも真摯な眼の中に、今も宿っていることだけは確かなのだ。

注

『詩篇』の翻訳については、一〇〇頁から一〇三頁までは、新倉俊一訳、一〇四頁は新倉訳を一部変更したものであり、一〇五頁以下は、平野順雄訳である。

＊1　ただし、「詩篇 四六」ではムッソリーニの名前ではなく、彼の始めた新聞「イタリア人民」（*Popolo d'Italia*）の名によってムッソリーニが示唆されている。

＊2　事項を含めた『詩篇』の解釈に関してはCarroll F. Terrell, *The Companion to the Cantos of Ezra Pound*. 2vols.（Berkeley: U of California P, 1980-1984）に負っている。ここでは、第一巻一七八頁による。

＊3　一九四三年七月、ファシスト反対派に失脚させられ、罷免・監禁されていたムッソリーニは、九月にドイツ軍に救出され、サロに新ファシスト共和国の樹立を宣言した。サロ共和国は、ナチス・ドイツの傀儡政権である。まもなく、ドイツ軍の敗走とともに壊滅した。

引用文献

Carpenter, Humphrey. *A Serious Character : The Life of Ezra Pound*. London: Faber and Faber, 1988.
Casillo, Robert. *The Genealogy of Demons: Anti-Semitism, Fascism, and the Myths of Ezra Pound*. Evanston, Illinois: Northwestern UP, 1988.

Nolte, Ernst. "Practice as Fulfillment" *in Fascism: An Anthology*. Ed. by Nathanael Greene. New York: Thomas Y. Crowell, 1968.
Norman, Charles. *Ezra Pound: A Biography*. London: Macdonald, 1960, 1969.
Redman, Tim. *Ezra Pound and Italian Fascism*. Cambridge: Cambridge UP, 1991.
Terrell, Carroll F. *The Companion to the Cantos of Ezra Pound* 2 vols. Berkeley: U of California P, 1980-84
Tisdall, Caroline and Angelo Bozzolla. *Futurism*. New York: Oxford UP, 1978.
新倉俊一訳『エズラ・パウンド詩集』角川書店、一九七六年
——『ピサ詩篇』みすず書房、二〇〇四年

7 オリーブの枝の輝くところに

パウンドと女性たち

喜多文子

オリーブの下の
かの遠い昔のアテナイの女神
「輝く目の小さなフクロウ」
オリーブの枝は
きらきらと　光ったりやんだりしている
大気のなかで葉がひるがえるたびに[*1]（CA 438）

はじめに

天才と呼ばれた詩人と、彼をめぐる女性たちについて考察することが、興味深いと同時に、時に困難なものであることは容易に想像できる。特に、エズラ・パウンドのように、詩人としての経歴が始まるや否やの頃においてすでに、女性たちとの関係が錯綜しているような場合には。

パウンドが、「この惑星上で最も魅力的な人々のうちの一人」と評したブリジット・パットモアは、その美貌と才知でバイオレット・ハントの文芸サロンの常連となり、パウンド、アーネスト・ヘミングウェイ、D・H・ロレンス、T・S・エリオットといった二十世紀の初頭を彩る綺羅星のような若き芸術家たちと交流を持ったが、パウンドについて次のような言葉を残している。「私は背の高いほっそりとした若者を見た……見知らぬ生き物たちから身を引こうとする動物のように引っ込み思案の。彼の顔が避けようもなく目についたのは、赤みのある跳ねた髪のせいばかりではなく、顔立ちにフィレンツェ派の繊細さが漂っていたからだった。」(Patmore, n.pag.)

さらに、もう一人の女性のパウンド評を見てみよう。以下は、後に彼の妻となるドロシー・シェイクスピアによる二十四歳の頃のこの詩人についての記述である。

……彼(パウンド)は、すばらしく美しい顔をしている。目の上に張出した広い額、小さな紅色の鼻孔のある高く繊細な鼻、片時もじっとしていない少し捕らえどころのない一風変わった口元、真ん中にちょっと割れ目のある四角張った顎――全体に青白い顔、灰色がかった青い目、柔らかに波打つ縮れ毛がカールする金茶色の髪、美しい爪のある長く形の良い指の大きな手。……彼が自分は美しいと知っているとは私には思えない。

最初、彼ははにかんでいた。(半ばアメリカ的で半ばアイルランド的でもある強い癖のあるアクセントで)早口に話し、椅子にゆったりと腰かけていた。けれども、しばらくすると突然椅子からすべりおり、暖炉に背を向けてあぐらをかいた。そして、彼は語り出したのだ――詩についての重要事項に関係する世界の二十人のうちの一人として、イェイツについて話した――……「水晶で未来をご覧になったことがありますか」と私は尋ねた――すると、彼は、微笑みながら私を見て答えた。「僕は、水晶がなくても未来を見ています。」彼は、ずっと待ち続けている崇高な霊感についてほのめかした。それは、何にも増して彼が望んでいるもので、準備をして心を開き待ち続ければ、来るべき偉大な日に訪れるべきものであった。というのも、明らかに彼は、自分には霊感が訪れると信じているから。「本はいくら読んでもあきません」――彼は言った。

(Pound and Litz 3)

これは、一九〇九年二月十六日付けのドロシーのノートに書かれたものである。当時パウンドは、ヴェニスを経て、アメリカからロンドンに到着したばかりであった。

文学的才能と端正な容姿に恵まれた若き日のパウンドが、モダニズムの黎明期の洗練された文学サークルにおいて、どのように知性ある芸術愛好型の女たちを魅了したかがこれらの記述から窺えよう。一九一四年に結婚した妻ドロシーとは別に、美しいアメリカ人のヴァイオリニスト、オルガ・ラッジが、一九二五年にパウンドの娘（メアリー・ドゥ・ラッケウィルツ）をもうけ、彼の生涯のパートナーとなったことはあまりにも有名である。また、今日ではパウンドとともにアメリカ現代詩を代表するモダニストの一人とされているH・D（ヒルダ・ドゥーリトル）との関係の重要性は、実人生と詩作の両面においてたびたび指摘されている。

このように、様々な芸術の素養のある美しい女性たちが――たとえば、ドロシーは絵画の、オルガは音楽の、ヒルダは詩の才能に恵まれていた――、晩年にいたるまでパウンドの詩人としての経歴を華やかに彩った。だが、パウンドと同時代に生き現代イギリス文学にその名を刻印しているD・H・ロレンスの場合には、作品について語られる時には常に妻のフリーダとの関係とその影響が浮上するのに対して、パウンドにはその作品に決定的な影響を与えた唯一の女性との運命の出会いともいうべきものが見あたらない。パウンドと女たちをめぐる関係は、ただ一つの伝説としてではなく、錯綜する複数の糸によって織りなされたタペストリーのようである。

それでは、パウンドは女性たちとどのように出会い、どのように彼女たちから影響を受け、その経験を詩作品のなかに反映させたのだろう。とはいえ、詩人と彼をめぐる女性たちというテーマは、人間存在および創作活動の根源に関わる深淵な問題であることは間違いなく、これを限られた紙面で総括することは到底できそうにない。したがって、本稿では、伝記的な事実を考慮しつつ、ある一つのキーワードをもとに、詩人パウンドに対して女性が果たした役割について、彼の作品のなかに具体的に検証することを目的にしたいと思う。

I

ここでキーワードとなるのは「オリーブ」である。灰色がかった黄緑色の葉を持つこのモクセイ科の常緑樹は、地中海地方を原産とし温暖な土地を好む性質がある。西欧文化圏では、古くは『旧約聖書』の「創世記第八章十一節」に、ノアが箱船から放った鳩が持ち帰った枝として登場する。このことからオリーブの枝は、ヨーロッパでは平和、和解の象徴であるとされる。また古代ギリシアでは、オリーブの葉の冠が勝利者に与えられたという。

『ロマンス文学の精神』の序文に関連して、城戸朱理は、パウンドの詩人としての地理的な愛好について次のように述べている。

……夜明けと夜をそれぞれ負荷されたエルサレムとヘラクレスの柱という地名が指し示す地理的な広がりにも注意しておきたい。それらが指示しているのは、言うまでもなく、地中海、そして地中海的世界である。……その愛着は明らかにラテン的、地中海的世界の上にあり、この性癖はパウンド自身の詩にも、光輝に満ちた陽性の感覚を付与しているように思われる。(一四七―四八)

このような地中海的「陽性の感覚」は、『詩篇』のなかでは、たとえば「詩篇 二」におけるようにオリーブによって喚起される場合が多い。ここでは、海の主神ポセイドンの筋肉のような波のうねりを様々に描出したあと、波頭の「灰色」にことよせて「灰色のオリーブ」へとイメージは飛翔する。

近くには灰色のオリーブ
　遠くには灰色にけむる断層
鮭の色に似たピンクのミサゴの翼が
　水中に灰色の影を落とす
片目の大きな鷲鳥に似た塔が
　オリーブの茂みからながい首をもたげる
そしてオリーブの樹陰の乾し草の匂いのあいだで
　半人半羊神たちがプロテウスを叱るのがきこえた
ほの暗い光りのなかで
　半人半羊神たちに向かって蛙が鳴きだす。
そうしてまた……

（CA 10）

こうしてオリーブの緑陰に展開されるのは、ちょうどここに登場するポセイドンのアザラシを世話する海の主プロテウスが、ライオン、蛇、豹、猪、水そして木と変幻自在に姿を変えるように、めまぐるしく変容するギリシアの神話世界である。パウンドの場合、地中海的風景とはオウィディウスの『変身物語』の舞台そのものであり、オリーブは詩に描かれる具体的な情景を瞬時にその陽光のなかに転換させる重要な舞台装置であると言える。

これは、パウンドの初期の作品においても同様で、たとえば「四月」という短詩では、「三人の妖精たちがやってきて／私を引き裂いた／そこにはオリーブの枝が／はがされて地面に横たわった／明るいもやのしたの蒼白な惨殺」というように、オリーブはディオニソスの儀式により、引き裂かれてばらばらになった肢体の、残酷であると同時に清冽な輝きのあるメタファーとなっている（*PT* 271）。

また、「詩篇 二〇」では、「オデュッセイア」の食蓮人《ロートパゴイ》——伝説の植物ロートスの実を食べて、この世の苦しみを忘れ逸楽に耽る人々——が描かれる。

そして漂う体から　　うすい香が
　そのうえに紫に立ちのぼる。[*2]
大気のなかに夢のように美しく刻まれた
食蓮人の岩棚。
　　横たわって
銀のブローチを飾り
溶けた琥珀のような玉をぐるぐると巻きつけている。
おだやかに蔑すむようなおとなしい爪をした食蓮人は

深い声で言う
「この美しい景色のために死も苦痛も恐れなかったのだ
たとえ災いがわれわれに及ぼうとも」
そして下方に、はるか下方にきれいな骨が
幾千となく積まれていた。

（CA 93）

「ロートパゴイ」と呼ばれる食蓮人は、オデュッセウスたちが辿り着いたリビア沿岸に暮らしており、彼の部下たちの幾人かはロートスの実を食べ帰還を忘れて食蓮人そのものとなり、満ち足りた愚かさで安逸に世を送ったという（Stoneman 111）。セイレーンの「澄んだ歌声」とも食蓮人となったオデュッセウスの部下たちの合唱とも読めるこの箇所について、ウィリアム・コックソンは、「最もリズミカルで忘れがたい詩篇の一つである「詩篇一二〇」は、「情緒に支配される人々」というテーマを扱っており、夢や幻覚にとらわれた状態を表現している」と解説している（Cookson 32）。

その幻覚のなかの悦楽の有様が、オデュッセウスに対する批判と渾然一体となり、さらに具体的に叙述される。

一体、オデュッセウスにどんな益があるのだ
渦巻きのなかでひとびとは死に
またむなしい労苦のあげく

盗んだ肉でながらえて、漕ぐ席に鎖でつながれたのに
彼が名声を得て
　夜ごと女神とともに寝ることが。
かれらの名まえは青銅にしるされることもなく
　またかれらの櫂もエルペーノールの櫂と並べられず
海辺に塚が築かれることもない。
　みどりの葉やまだ浅い色の葉のしげる
スパルタのオリーブの木や
　梢にきらめく光の動きもみたことなく
青銅の広間も館もみたことなく
そこで女王にはべる乙女たちとも寝たこともなく
またかれらはキルケーを、かのティターニアを、寝床の友としたこともなく
またカリュプソーの肉も食らったことがなく
女神の絹のすそがかれらの太腿をかすったこともないのに。
一体なにをかれらは与えられたのか。
　　　　　　　耳につめる蠟。
(CA 93 - 94)

ここでのオリーブは、パウンドのテクストにおいてこの植物が用いられる際のある一つの特徴を明らかにしてくれる。それは、「みどりの葉やまだ浅い色の葉」のあいだを渡る風がはこぶ、甘さを含

んだ匂いが誘発する優雅な官能性である。

コックソンは、また、この「詩篇 二〇」についてルイス・ズコフスキーの「『詩篇』における動きとは、火と風の運動である」という言葉を引用しているが、この「梢にきらめく光の動き」とは、まさにオリーブの葉が風にひるがえる時に、葉の裏側のグレーがかった銀色が日の光を受けてきらめく様子を彷彿とさせる（Cookson 32）。

オリーブの枝が、このように心地よく風にはためいて輝いて見えるのは、季節としては春あるいは初夏であろう。「詩篇 三九」では、オリーブの葉は、スモモやアーモンドといった春（ひいては豊穣）を象徴する花々とともに、この詩篇における愛と美の女神、アフロディーテの存在を、ジャスミンのように芳しく暗示する。

四月と三月のあいだに
　　　枝々は新しい樹液を含んで
スモモの花をその上につける
　　　黒い枝の上には杏
ジャスミン、それにオリーブの葉
しらべの拍子に合わせて
星の刻から薄闇まで
薄闇から薄闇まで
　　　しらべはやまず

岬のうえで踊る腰と腰
　女神の眼は海をのぞみ
シルシェオのほとりやテラキナのほとりで、石の眼は
　白く海を仰ぐ
いつ果てることもないひとつのしらべ。
(CA 195)

この箇所については、ラテン語の祝婚歌「ヴィーナスの宵祭」との関連が指摘されているが(新倉 四〇七)、パウンドはこのようにエロスと豊穣を歌い上げる際にもオリーブを用いている。つまり、パウンドにとってオリーブとは、ギリシアの神話世界に託して、自然界の豊穣に連なる神聖を帯びた女性の官能性を表現するための欠くことのできない符号であると言えないだろうか。

2

ところで、ギリシア神話において樹木と女性をモチーフにする最も知られたエピソードといえば、ダフネの物語であろう。アルカディアあるいはテッサリアのニンフ、ダフネは、彼女を恋い焦がれる太陽神アポロに追いかけられるが、もはや逃げられないと悟り、大地の女神ガイアに懇願して月桂樹に姿を変える。こうして月桂樹は、詩、音楽、予言などを司る美しい青年神アポロにとっての聖なる木となるのである。この木もまた、オリーブと同じく、その枝を編んだ冠が、勝利、平和、さらには、文学や芸術の象徴とされることがよく知られている。
ダフネの物語は、芸術作品のテーマとして広く絵画やオペラにも取り上げられているが、「詩篇

二」のなかにもその痕跡が見られる箇所がある。

そしていつかこの先
　　葡萄酒色の赤い藻草のあいだに青ざめて
もしあなたが岩にもたれることがあるならば
　　波の色のしたに珊瑚の顔を
潮の変化のしたにバラの白さをみるだろう
　　イレウシーリア、海辺の美わしきダフネよ
その泳ぎ手の腕は変わって枝となる

（*CA* 9）

明らかに重置法により、ダフネは海のニンフ、イレウシーリアと並置されており、「その泳ぎ手の腕は変わって枝となる」という詩句は、今まさにアポロに捉えられようとしたダフネの腕が、木の枝に変わる瞬間を思い起こさせる。

パウンドにとってもこの主題が、詩人として極めて初期の頃からなじみ深いものであったのは確かである。たとえば、一九〇五年から七年にかけて、H・Dにあてて書かれた二十五篇の詩を集めた「ヒルダの本」のなかに「木」という題名の短詩がある。この詩は、自費出版された処女詩集『消えた微光』（一九〇八年）に収められた。「私は静かに立つ森のなかの木だった／これまで見たこともないような真実を知る／ダフネのことと月桂樹の枝」という詩句で始まるように、ここでもギリシア神話において樹木に変容する女性がモチーフになっている（*PT* 14）。

パウンドは、評論集『ロマンス文学の精神』のなかで、ギリシア神話における人間探求の意義について次のような独自の見解を述べている。

人間についての一種の永久不変の基本原理を私は信じる。言い換えるなら、歓びに満ちた魂の経験を通過した者が、それを他者に伝達しようとし、自分自身を迫害から守りかばう必要を感じた時、ギリシア神話は発生したのだと私は思う。美学的に言うと、神話は心の状態の詳しい解説である。人は、そこで立ち止まるかもしれないし、より深く探求するかもしれない。これらの神話は、そのようなことが自分にも起こった人々にとってのみ生き生きと輝かしい意味を持って理解できる。（SR 92）

さらにパウンドは、人間の肉体についても彼独自の解釈を与える。

肉体を純粋な機械であると考えてみよう。人間と雄牛との類似性に、私たちは絶えず駆り立てられる。だが、この底流では、私たちは木や生きた岩といった生命の宇宙と類似がある。そして、このことはあまり明白ではないので――ことによると、より興味深いので――私たちはそれを忘れているのだ。

私たちのまわりには、流動性の力の宇宙があり、その底流には生きた木、生きた石の胚子の宇宙がある。……（SR 92）

「流動性の力の宇宙（the universe of fluid force）」とは、「詩篇 四」の「神々の膝のしたを／透きとおって烈しく流れる水晶／幾重にも重なる水の淡いきらめき／白い花びらを運ぶ小川の水面（The liquid and rushing crystal/beneath the knees of the gods./Ply over ply, thin glitter of water; Brook film bearing white petals）」という汎神論的な光景を想起させる言葉である（CA 15）。人間のみならず、木や石といった自然界のあらゆる事物への変身が、同時に、魂の経験のメタモルフォセスでもあるとパウンドは考えるのであろうか。

3

それでは、特に女性に関して、こうした神話についての概念は、パウンドの詩作品のなかでどのような展開を見せるのか。この問題について考える前に、もう一度伝記的事実に照らし合わせ、彼の青春期、ペンシルヴェニア時代に立ち戻りたいと思う。ヒュー・ケナーによると、「彼（パウンド）は、ペンシルヴェニア時代から彼女（H・D）のことをドライアード（木の精）と呼んでいた。その頃は、ドゥーリトル家の楓の木の高いところにあるカラスの巣が、彼らの青春期の秘密のデートの場所の一つであり、もう一つは、ウィンコートのパウンド家の裏庭の小さなリンゴ園であった」（Kenner 174）。

パウンドと過ごしたペンシルヴェニア時代のことを、H・Dは、一九五八年の極めて個人的な回想録のなかで書き記している。それは、親しい友人のノーマン・ホームズ・ピアスンの強い勧めによるものでもあったが、パウンドと出会い詩を書き始めたアメリカでの青春の頃の記憶を、五十年を経て記録しておかなければ、永久に失ってしまうとH・D自身が感じていたからでもあった。その記憶の糸は、彼らがともに十代後半であった頃の、冬の日の若い恋として辿られ始める。

彼の顎髭の上の雪。けれども、当時彼には顎髭はなかった。雪が松の木の枝から吹き落ちる。赤みがかった金髪の上にかかるさらさらの雪。……

それとも、彼はソフト帽か、縁なしの帽子を目深にかぶっていたのだろうか。仮面、変装？彼の眼は、顔のなかで一番印象に残らない。でも、私は間違っているのだろうか。眼は小さいように思う。色は？瑪瑙の緑？確かに取るに足らない顔立ちではない。皆が言うように、中世風の、これら心に刻みつけられた木々のあいだを漂う月の光。冷たさ？

ある種の「死体硬直。」私はこの瞬間に凍りつく。

ことによると、生涯を通してずっと、私はそれに耐えていた。人は私の「イメージャリー」をそのように呼ぶ。今でさえ、人は「宝石細工のように彫刻された詩文」といい、そして、「彼女は結晶させる――それがぴったりの言葉だ」という。人は、「それがぴったりの言葉だ」と。この瞬間にぴったりの言葉が見つかるまで五十年かかった。ことによると、彼がそう言ったのだ。ひょっとすると、私たちの混ざり合った吐息の霜のなかに、その言葉は書きつけられた。彼は多分十九歳で、私は一つ年下だった。この上なく洗練されていて、この上なく優れていて、この上なく無骨で、兄たちや兄たちの友人の誰にも似ていない産物――私たちがダンスをした男の子たちにも（彼はダンスが下手だった）。彼とダンスをするのは、彼が話すことに興味があるから。まわりにたくさん人がいる時には、それは問題ではなかった。ここ、冬の森のなかでは、言葉は意味を持った。

……初めての口づけ？　その冬の森のなかで――何を予感したのか。これではない。電撃的で、引きつけられる、温かさのない、魅惑的で、生命を吹き込む口づけ。私たちはもう戻らなくていい。木の下に横たわる。ここに死す。もう冷たいとも感じない。それは、最初の「死体硬直」のきざしではないのか。

……彼は私を暗がりから引きずり出す。

(H.D. 3-4)


Ｈ・Ｄの他の多くのテクストと同様に、まぎれもない彼女自身の言葉によって、過去と現在が重層構造をなして交錯し、否定と肯定の振幅を繰り返すうち、みずみずしく若いパウンドの肖像が次第に輪郭を取り始める。そして、図らずも彼がＨ・Ｄにもたらしたものの正体が、雪のなかの「死体硬直」として感覚的に浮かび上がる。

さらに、場所を数年後のロンドンに移し、大英博物館のティールームでパウンドが、Ｈ・Ｄの最も初期の短詩の一つ「道を行くヘルメス」に感銘を受けた様子が具体的に回想される。


……「だが、ドライアード（博物館のティールームで）、これは詩だよ。」彼は鉛筆をさっと走らせた。「これを削って、この行を短くするんだ。「道を行くヘルメス」はいいタイトルだ。僕はこれを『ポエトリー』のハリエット・モンローに送るよ……」そして、彼は原稿のページの最後のところに「Ｈ・Ｄイマジスト」と書きなぐった。

(H.D. 18)


このあまりにも有名なエピソードを契機として、二十世紀初頭の前衛的文学運動、イマジズムは実質的に始まったと言える。[*3] パウンドの言葉どおりに、一九一二年十月に、H・Dの詩はシカゴで創刊されたばかりのハリエット・モンローの詩誌、『ポエトリー』に送られ、翌年一月に出版された。今日、このイマジスト運動がアングロ・アメリカ現代詩のポエティクスの源流と見なされていることはよく知られている。後にアメリカ現代詩を代表する詩人となるパウンドとH・Dが、若い時代をともに過ごしたペンシルヴェニアの森が、こうして二十世紀の実験的な詩法の揺籃となったのである。

ジェイコブ・コーグは、パウンドとH・Dが、お互いにどのようにして詩の技法のみならず精神あるいは魂の次元で影響を及ぼし合ったかについて、この二人の詩人としての価値を並列させるやり方で論じている。それによれば、パウンドの側がH・Dに求めたのは、彼女自身がそう感じていたように、詩的なモチーフとなりうる愛する女性の理想化であった。つまり、若いエズラが恋をしたのは、愛する人の偶像なのだ。

彼（パウンド）のヒルダに対する詩的な理想化は、彼の詩のある突出したテーマの源である。「ヒルダの本」が示すように、彼女は若きエズラに中世の愛の宗教と同一視される敬愛の念を抱かせた。彼が呼びかける像は、騎士道の伝統におけるイゾルデ（Iseult）にちなんで名付けられた理想化された「イズィルダ（Is-Hilda）」であり、宗教的オーラに包まれている。最愛の人の指が彼に触れる時、詩人は「驚くほどの神聖」を感じ、「聖ヒルダ」が自分のために祈ってくれるようにと願うのである。

こうした女性像に対する崇拝は、パウンドがダンテやトゥルバドゥール詩を読むことによって強く促進されたのであり、トゥルバドゥールの愛の詩は、秘められた異教の愛の宗教を符号化するという彼の後の理論の基盤となるものである。当初エズラの理想化されたヒルダの像に向けられた尊敬の念を表す態度は、『詩篇』において、女神崇拝の形態を取り、パウンドの後期の詩に見られる折衷主義的な宗教的感受性の萌芽でもある。『詩篇』のなかに登場するおびただしい数の人間もしくは神の女性像を通し、このテーマは、パウンドにとって、自然の豊穣ならびに美について熟慮することによる魂の充実の両方を包含する「愛」の概念へと発展したのである。（Korg 9）

パウンドにとって、「女性像に対する崇拝」の極致にあるのが、常に指摘されるように、ダンテのベアトリーチェに対する神々しいまでの賛美であるのは間違いなく、これはパウンドによれば、「男性のなかにある淑女に対する解釈しがたい懇願」であり、愛の究極の進化の形態である新しい異教の神を表現したものと考えられるのである（SR 92)。

4

愛の概念が、ダンテの『神曲』のみならずパウンドの『詩篇』の重要なテーマであるのは言うまでもない。そして、パウンドの場合の愛は、ロナルド・ブッシュが解説するように、キリスト教の枠組みを逸脱して異教的であることがたびたび指摘される。

もし、我々が『神曲』との「等式」として『詩篇』をもっともらしく説明するとしても、パウンドは現代的な解釈を施してダンテを読み解いたのだと気づかねばならない。一九一三年に、パウンドは、アレン・アップワードの『神の神秘』を「私がこれまで開いたなかで最も興味をそそる民俗学についての本」と呼び、ダンテの神へと向かう魂の描写の背後にある宗教的、情緒的、心理学的体系を再解釈するために、アップワードの芸術および宗教における原始主義らしきものを活用したように思える。ダンテのキリスト教についてのそのような文化人類学的見方を通して、『ロマンス文学の精神』のなかで、パウンドは、ベアトリーチェの探求という「異教の血統」を辿ったのである。(Bush 18-19)

ここで、パウンドと女性たちという本題により迫るために、パウンドがこれほどまでに影響を受けた、ダンテにおけるベアトリーチェの役割を概観することは極めて有効であろう。たとえば、『神曲』の第二部、「煉獄篇」第二十七歌に、ダンテの導者、ヴィルジリオ(ウェルギリウス)が、ベアトリーチェの名を口にして、猛火を潜ることを恐れひるむダンテを励まし力づける場面がある。


よき導者たちは私をかえり見、ヴィルジリオ、私に言う。

「わが子よ、火に入らば呵責はあろうやも知れぬ。しかし死は無い。

……

さあ、棄てるのだ、一切の恐れを棄てるのだ。火に向かって、それ、進め、自信を以て、それ、踏み込め。」しかし私は、足に根を生やし、一歩も動かず、おのが良心に逆らう。

私がいつまでもかたくなに、不動のままなのを見たヴィルジリオは、ややいら立ち気味に言う。「よいか、子よ、この火ぶすまこそ、君とベアトリーチェの間に立つ障壁ぞ。」

……

私もまた、つねづねわが心のうちに湧きあがるその名を聞くや、かたくなの思い急にやわらぎ、賢い導者にまなざしを向けた。

（ダンテ 三四〇―四二）

ダンテに、このような絶対的な愛の力を行使するベアトリーチェとは、一体何であるのか。中沢新一は、彼女について次のような見解を示している。

スカーレットのドレスをまとっていた八歳のベアトリーチェも、フィレンツェの街角でダンテに微笑をなげかけて消えていった白いローブの十七歳のベアトリーチェも、すでに、生きているうちから、「反復不可能な顔やからだ」のはるかむこう側へ、性愛の対象となるべきイメージのアイデンティティーのはるかむこう側へ、ダンテの魂を突き抜かせていくような力をもっていたのだ。閉じていくもの、去勢をするもの、制限を加えるもののすべてを破壊しつくしていくような力を、彼女はダンテの上に行使したのである。ベアトリーチェの生きたすがたをとおして、ただベアトリーチェだけをとおして（これが人間の恋愛の不思議だが）、ダンテは生の舞台までも突き抜けて、つねにま新しいなにものか、絶対的な遊戯性に輝いているなにものかにむかって、大きく開かれていくじぶんを感じていた。そのとてつもなく自由ななにものかにむかって、じぶんをひきあげていく力、それがダンテにとっての愛の力であり、ベアトリーチェという名前であったのだ。

（中沢 四九二―九三）

ヴィルジリオが、ベアトリーチェという名前を口にした時、「そのとてつもなく自由ななにものかにむかって、じぶんをひきあげていく力」を得て、ダンテは浄化の火を潜り抜ける。この後、最後の地上楽園でヴィルジリオは導者の役目を果たして消え、第三十歌では代わってベアトリーチェが姿を現す。ダンテが天国に昇るためになくてはならない愛の力として。「天使たちの散華」につつまれて、この時のベアトリーチェは、「オリーブの冠」をつけていた。

清白の面紗の上にオリーヴァの冠をつけ、やごとなきひとりの淑女が、私の眼の前にあらわれた、緑の袍のしたに、
燃え立つ焔の色の衣召して。

（ダンテ 三八二）

オリーブは処女神アテナイ（あるいはミネルヴァ）の聖木であるとも言われる。ミネルヴァは知恵を具現することから、知恵を表象するベアトリーチェも「オリーブの冠」を戴いていたのである。

むすび

「ピサ詩篇」に描かれるパウンドのアテナイも、「廃墟の城跡」のさなかに突如オリーブとともに姿を見せる。

ツアラトゥストラは廃り
ジュピテールやヘルメスとなったが、それも今では廃墟の城跡
　と化している
　　大気のなかにしかその面影はみられない
石には何の痕跡もなく、灰色の壁は年代を伝えていない
　　オリーブの下の
　　かの遠い昔のアテナイの女神
　　「輝く目の小さなフクロウ」
　　　　オリーブの枝は
きらきらと　光ったりやんだりしている
　大気のなかで葉がひるがえるたびに
　北風《ボアレス》　東風《アペリオータ》　南風《リベッチオ》

（CA 438）

この「詩篇 七四」は、一九四八年に出版されたが、四五年の初めには、ラパルロ近郊のサンタンブ

ロージオ（Sant'Ambrogio）の美しい自然に舞台を設定して、すでにイタリア語での草稿が書き綴られていた（Cookson 127）。この年、一九四五年は、ムッソリーニが虐殺され、第二次世界大戦においてパウンドが支持したイタリアが敗戦することにより、彼の理想の政治が現実的に瓦解した年であった。また、五月にはパウンド自身も反逆罪でピサ近くのアメリカ陸軍軍事収容所に捕らえられてしまう。この「廃墟の城跡」の叙述の直前にある有名な詩句、「もっと暗いのか　もっと暗かったのか　これが魂の暗夜か／……／つまり、もっと深い場所をまさぐらねばならぬのか／それともここがどん底なのか」は、こうしたパウンドを取り巻く当時の厳しい状況を思い起こす時、痛切な響きを持つ。だが、そのような暗闇のさなかにおいても、自然界に風が起これば、古代の都市の守り神、女神アテナイが、ホメロスのつけたあだな「フクロウ」の姿をして、オリーブの葉陰にたたずむのをかいま見ることもできる。「ばらばらにしか天国は存在しない」というパウンドの言葉そのままに。

現代では、断片としてしか「天国（Le Paradis）」を表現できないことを、パウンド自身が強く認識していたことは明らかである。新倉俊一は、「詩篇 七四」のなかにパウンドが挿入した「図式は若い者には向かない」というアリストテレスの言葉を敷衍して、二十世紀における実験的テクストとしての『詩篇』を「図式やパラフレーズを拒む言語宇宙」と総括している（新倉 四一六）。十三世紀から十四世紀にかけて、ヨーロッパ中世に生きたダンテによる『神曲』では、詩人は「地獄」から「煉獄」をへて「天国」へと直線的に規則正しく上昇する。これに対して、二十世紀に生きるパウンドが、同じ手法で天国へ向かえないとするのは必然であろう。また、「天国」の断片化とともに、二十世紀初頭においては、ブッシュの指摘するような文化人類学的な拡がりを見せる世界観が流布したことにより、文明、文化の多様性が著しく顕在化し、そのことが詩の言語に大きな影響を与えたことも見逃せない。ちょうど、アーネスト・フェノロサがもたらした東洋の題材が、パウンドに表現の多様性を豊かに提供したように。

続く「詩篇　七六」の冒頭は、パウンド自身の記憶から紡ぎ出された懐かしい女神たちの歌である。

そして日は地平線より遙か高く　雲の土手に隠されて
雲の尾根をサフラン色に照らしていた
「思い出のやどるところに」
……
だが高い崖の上には　アルクメーネ
木の精、ハマドライアード、それに日の娘たち
花咲く枝と揺れうごく袖
ディルケーとイソータ、それに「春と呼ばれた者」が
時に属さない大気のなかにいた

それらがふいにこの部屋にたたずむのか
私とオリーブの木とのあいだに
（CA 452）

パウンドの詩に登場するこうした数限りない多様な女性像は、さまざまにその姿を変容させ、断

片ではあっても天国の在処を詩人に示唆する。この場合、無限の愛への扉が開かれるのは、唯一特定の女性の名前によってではない。それは、名前も含めて、さまざまに姿を変える美しい女性の肉体をまとった神聖なるものそれ自体が、大気のなかに芳しく顕現する瞬間そのものである。そして、その瞬間は、風がオリーブの枝を揺らす時に訪れる。

注

＊1 本文中のパウンドの詩作品の翻訳は、一部を除いてそのほとんどを、新倉俊一訳『エズラ・パウンド詩集』(角川書店、一九七六年)から引用した。

＊2 一九二七年四月十一日付けの父、ホーマーへの手紙のなかで、パウンドはこの箇所について「それから、阿片を吸う者が語るユリシーズのもとで航海をした人々についての言葉」と記している。したがって、続く言葉は幻覚のなかで語られるということになろう(Paige 210)。

＊3 Cyrena N. Pondrom は、パウンドとH・Dの最も初期の詩を詳細に比較、検証することにより、H・Dは単にパウンドによって見出された模範的イマジストという訳ではなく、むしろH・Dの新しい詩の手法こそが前衛的な文学運動を引き起こす触発物であったと論じている(Pondrom 73-97)。

引用文献

Bush, Ronald. *The Genesis of Ezra Pound's Cantos*. 1976. New Jersey: Princeton UP, 1989.
Cookson, William. *A Guide to the Cantos of Ezra Pound*. 1985. New York: Persea Books, 2001.
H.D. *End to Torment*. Manchester: Carcanet, 1980.
Kenner, Hugh. *The Pound Era*. 1971. London: Pimlico, 1991.
Korg, Jacob. *Winter Love: Ezra Pound and H.D.* Wisconsin: U of Wisconsin P, 2003.

Paige, D.D., ed. *The Selected Letters of Ezra Pound: 1907-1941.* 1950. London: Faber, 1982.
Patmore, Brigit. *My Friends When Young: The Memoirs of Brigit Patmore.* London: Heinemann, 1968.
Pondrom, Cyrena N. "H.D. and the Origins of Imagism." *Sagetrieb* 4. 1 （1985）: 73-97.
Pound, Ezra. *The Spirit of Romance.* New York: New Directions, 1968. ［*SR*］
Pound, Omar, and A. Walton Litz, eds. *Ezra Pound and Dorothy Shakespear: Their Letters 1909-1914.* London: Faber, 1985.
Stoneman, Richard. *Greek Mythology: An Encyclopedia of Myth and Legend.* London: Aquarian Press, 1991.
ダンテ・アリギエーリ『神曲Ⅱ――煉獄篇』寿岳文章訳、集英社文庫、二〇〇三年
城戸朱理「解説」『パウンド詩集』思潮社、一九九八年、一四七―八頁
中沢新一「愛の天体」『神曲Ⅱ――煉獄篇』四七四―九五頁
新倉俊一「エズラ・パウンド小論」『エズラ・パウンド詩集』三八〇―四三二頁
エズラ・パウンド『エズラ・パウンド詩集』新倉俊一訳、角川書店、一九七六年

8 「年老いて」パウンドとイェイツ

鵜野ひろ子

エズラ・パウンドが二十歳代前半において、ダンテ・ガブリエル・ロゼッティ、ロバート・ブラウニングなど十九世紀のラファエル前派の詩人や、中世フランスのトゥルバドゥール、また初期のイタリアの詩人など、様々な時代や様々な国の詩を精力的に学び、影響を受けていたことはよく知られている。中でも強く影響を受けていたのはアイルランドの詩人、ウィリアム・バトラー・イェイツの初期の詩である。パウンドは、イェイツを当時「誰よりも詩について知っている」生きている詩人であると言って、彼から詩を直に学ぶため一九〇八年にロンドンに渡ったほどであった (Zinnes xii)。ジョン・タイテルによれば、彼はロンドンに向けてヴェニスを立つ前に、既にヴェニスで自費出版したばかりの『消えた微光』をイェイツに送り、イェイツはその詩集を「チャーミング」だと評していたということである (Tytell 46)。そして、翌年の四月には、偶然知り合ったイェイツの元恋人のオリヴィア・シェイクスピアに連れられて、イェイツの家を初めて訪れている。なお、その後のイェイツとパウンドとの交流についてはジェイムズ・ロンゲンバックの『ストーン・コッテイジ』やカーペンターの伝記などに、詳しい。

さてヒュー・ワイトマイヤーは、パウンドの初期の八編の詩においてイェイツの影響が見られると、指摘している[*1] (Witemeyer 48)。しかしながら、イェイツの影響はその八編だけに見られるわけではなく、またその影響はそう単純なものではない。たとえば、パウンドの初期の木にまつわる数編の詩はイェイツの「転身」や「理想美」、「知恵の樹や生命の樹」についての考えを反映したものであり、しかもパウンドは単にイェイツの詩を真似たのではなく、イェイツの考えを深く理解し、自分の中に取り入れた上で、彼独自の生命樹の詩を創造している（Uno）。また、二人は偶然にも共に以前からスウェーデンボルグ的な言葉や物の見方を持っていて、しかも詩に関しても「抽象性から明確なものへ、具体的なものへ」[*2]という類似した方向性を持っていたところが、一九〇九年に出会って、互いの中に同士を見出して、ますますその確信を深め、実践に向かった。さらには、イェイツは既に名声を確立していたにもかかわらず、無名の二十歳も若いパウンドの忠告に耳を傾けて、初期の詩を大幅に改訂し、さらにはそれが彼の後期の詩へと発展する原動力になった（鵜野）。このように、二人の影響関係は相互的なものであり、決して、イェイツから若いパウンドへという一方的なものではなかった。今回は、主としてパウンドの初期の詩、特に「年老いて」（"In Tempore Senectutis"）という詩を分析することによって、イェイツの初期の詩がパウンドの初期の詩に与えた影響を調べ、さらにはそのパウンドの詩が今度はイェイツの後期の詩に与えた影響を見ていきたい。

年老いて

パウンドの詩「年老いて」は、一九〇八年ヴェニスで自費出版されたパウンドの処女詩集『消えた微光』に入れられた彼の最も初期の詩の一つである。

私たちは年老いたので
肉体の情熱は枯れてしまった
私たちは彼が枯れるのを千回も見てきたが
彼が衰える時、老いた風が泣き叫ぶ
私たちが年老いたので
そして情熱が私たちのために千回も枯れたので
それでも私たちは決して飽きはしなかった

記憶が消えていく、蓮に愛された美しい調べが
風の音に沈んでいくように、
それでも私たちは決して飽きはしない
年老いたからと言って

貴方の目の中にある不思議な夜の驚異《ワンダー》は
枯れはしない
情熱がアークトゥルスの星の平原に飛んでいってしまい
私たちの手元には何も残らなくとも
私の唇は冷たい
それでも私たち二人は決して飽くことはなく

不思議な夜の驚異《ワンダー》が私たちを包んでいる
木の葉のはらはらという音が私たちの驚異《ワンダー》を捉え
私たちの老いることのない驚異《ワンダー》を表すために
　風が不思議な言葉で私たちの口を満たす

私たちの一日の内の蛾の時がやってくる
　暁を連れて
私たちの目の中に不思議な**夜**の驚異《ワンダー》が見える
何故なら、**蛾の時**が乙女のような暁を導いているゆえ
　乙女のような手をとって
　暁の薔薇色の、ほっそりした手をとって

彼　「赤い槍を　戦士のような暁は携えていたものだ
　　　　昔は。
　　不思議だ！　愛しい人よ、忘れたのか
　　　暁の赤い槍を。
　　　朝の旗を？」

彼女　「いいえ、覚えていますとも、でも今は

暁がやって来る時には、彼と一緒に
蛾の時も、そうっと　やって来るのです
　私たちは年老いたのですから。」

（*PT* 34-35）

この詩はこれまでイェイツの影響があると指摘されたことはなかったが、多くの点においてイェイツの初期の多くの詩と密接な関係がある。
この詩はまず、類似したテーマとキーワードを共有することから、イェイツの初期の詩「儚いもの」（"Ephemera"）を思い出させる。「儚いもの」は一八八四年に書かれ、『アシーンの放浪とその他の詩』（*The Wandering of Oisin and Other Poems*）（一八八九）の中で初めて発表された詩である。

儚いもの

「かつて私の目を決して見飽きることのなかった貴方の目が
だらりと垂れた瞼の下で　悲しげにうな垂れている
私たちの愛が衰えてきた故に。」
　するると、彼女——
「私たちの愛は衰えてきましたけれど、もう一度
あの湖の寂しい岸辺に立ちましょう、
一緒に、あの優しさの時間に

情熱という、哀れにも疲れ果てた子供が、眠りにつく時に。
星たちは何と遠くに見えることでしょう、私たちの最初の口づけは
何と遠くになったことでしょう、そして、嗚呼、私の心が何と老いたことでしょう！」

彼らは色あせた木々の葉の間を愁いに沈んで歩いた
すると彼女の手を握っていた彼がゆっくりと答えた
「情熱が私たちの彷徨える心をしばしば擦りきらせてしまったのだ。」

彼らは森の中にやって来た　黄色い葉が暗がりの中を
かすかに光る流れ星のように落ちていった、そして一度
一匹の年老いた、びっこの兎が道をひょこひょこと歩いていった
秋が迫っていた　その内に、彼らはもう一度
湖の寂しい岸辺に立っていた
彼が振り向くと、彼女が目を涙で濡らしながら、
黙って集めた枯葉を胸や髪に
押し当てているのが見えた
　「嗚呼、嘆くことはない」と、彼は言った
「私たちが疲れ果てたからといって。他の愛が私たちを待ち構えているのだから。
愚痴ることなくずっと、憎み、また愛し続けようではないか。

私たちの前には永遠があり、私たちの魂は
愛であり、しかも別れの連続なのだから。」

（Yeats 15）

この詩においてイェイツは「色あせた木の葉」、「黄色い葉」、「枯葉」、「年老いた、びっこの兎」、「秋」などの自然のイメージを使うことによって、愛や情熱が時の移ろいに伴って「衰える」定めであるという残酷な現実についての嘆きを強調している。ノーマン・ジェファーズが指摘しているように（Jeffers, *Commentary* 9）、詩人はその不満を述べた後、霊魂再来説を採用して、次の世での別の愛との出会いを信じることで、諦めの境地に達して、現在の別れを受け入れようと、相手に提案している。イェイツは別の詩「落葉」（"The Falling of the Leaves"）（一八八九年初出）においても、秋の枯葉のイメージを使って愛の儚さを嘆き、愛が消え去る前に、口づけをして別れよう、と歌っている。

愛の衰える時が私たちのところにやってきて、
今や私たちの悲しい魂が疲れ果て、擦り切れてしまった
だから別れよう、情熱の季節が私たちを忘れてしまう前に、
汝のうなだれた額に口づけと一滴の涙を残して

（傍線は筆者、Yeats 15）

また別の詩「アダムの呪い」（"Adam's Curse" 80-81）（一九〇二年初出）では、どんなに彼が「昔ながらの高貴な愛し方」で愛そうと「努力」しても、二人の愛は「欠けた月のように疲れ果てた」

（傍線は筆者）と言っている（Yeats 81）。また別の詩「気まぐれ」（“The Moods”）（一八九三）では、蠟燭が燃え尽きるように、また森でも山でも全てのものは消え行く運命なのだから、炎のように燃え上がった感情がいつまで持続するだろうかと、曖昧な問いかけをしている（Yeats 56）。このように、一八八〇年代に書かれた初期の詩で、イェイツはすでに愛の儚さや加齢についての悲しみを詩の中で歌っている。

　一方、これらのイェイツの詩を読んでいたパウンドは、彼の詩「年老いて」で、イェイツの主題と類似した、「情熱《パッション》」の儚さを主題としている。しかし、イェイツの場合は、愛の衰えの原因を、単に「枯葉」などの自然物のイメージで暗示していたのに対して、パウンドは「年老いて」という題目や、「私たちは年老いたのですから」という言葉を繰り返すことによって、「情熱《パッション》」の衰えの原因が加齢あるいは老年にあることをより明確にしている。また、イェイツの方は時の経過によって「情熱《パッション》」だけでなく「愛」自体も衰えると嘆くのに対して、パウンドは加齢によって、たとえ「肉体の情熱《パッション》」（the earth passion）は「衰え」ても、「夜の驚異《ワンダー》」と呼ばれるものがあり、愛を持続させると言っている。さらに、イェイツは互いに「疲れ果てた」のだから、別の愛を見つけるために「別れ」を受け入れようと締めくくっているが、パウンドは、「不思議な夜の驚異《ワンダー》」は決して老いることはなく、そのお陰で恋人たちは互いに対して決して「飽きる」ということはないと、主張している。このように、パウンドの「情熱」や愛の変化についての考えはイェイツのものとは異なっている。しかしながら、「年老いて」の詩でそれについて歌うに際して、イェイツの詩「儚いもの」や「落葉」だけでなく、イェイツの他の詩を幾つも下敷きにして、それらに使われているイメージや技巧を使って表現している。

例えば、パウンドの詩「年老いて」では、年老いた故に「肉体的な情熱《パッション》」は何度も枯れ、その度に、「老いた風が泣き叫ぶ」と言って、老いの悲しみを表現している。この「老いた風が泣き叫ぶ」という表現は、イェイツの詩「彼は菅《すげ》の叫びを聞く」("He hears the Cry of the Sedge")(一八九八年初出)を思い出させる。この詩で語り手は、永遠に自分の胸は眠れる恋人の「胸に／重なることはないと」いう悲劇的な運命を嘆き、「風が菅の間で泣き叫ぶ」(Yeats 67)と言うのであるが、パウンドは「年老いて」の詩で、この表現を踏まえているに違いない。また、イェイツの詩「儚いもの」の中では、愛が「衰え」、「情熱」が眠りについたことによって、「星」までもが遠くになったように見えると言う(本文一四四頁参照)。イェイツの別の詩「貴方が老いた時」("When You are Old")(一八九一年作)では、美しい恋人が老いた時の姿を写実的に描いてみせ、その時には、「愛の神様」も「星の群れの陰に顔を隠して」しまうと言う(Yeats 41)。それに対して、パウンドは同じような感情を表すのに際して、二十世紀の若者らしく天文学の知識を使って、ただの「星の群れ」ではなく、「アークトゥルスの星の平原」に、「情熱」は飛んでいったと表している。このように、パウンドは「年老いて」を書いた時、それらイェイツの「彼は菅の叫びを聞く」や「貴方が老いた時」の詩を頭においていたことは確かである。

肉体が「老いる」という現実についていては、イェイツもパウンドも詩の中で現実的に向き合っているが、イェイツの詩「儚いもの」の方では、「私の心がなんと老いたことでしょう!」と、同時に精神的にも衰えているのに対して、パウンドの方では「肉体の情熱」(the earth passion)と呼んで、精神と区別して、肉体の老いを繰り返し強調させる一方で、精神的な「驚異《ワンダー》」は決して老いることはないと主張している。またパウンドは、「私たちは老いたからと言って」、「決して飽きはしない」

と繰り返すことによって、イェイツの加齢についての意見に対して強い反対意見を表明している。また、イェイツの「儚いもの」に出てくる霊魂再来説による諦念については、パウンドの詩では一見、全く触れていないようだが、何度も「生死を繰り返す」代わりに、この世で「肉体の情熱が千回も枯れた」のを目撃したと表現することによって、イェイツの霊魂再来説を否定しているように見える。

パウンドの「年老いて」の詩で使われている「情熱《パッション》」や「肉体の情熱《パッション》」という言葉は、イェイツの詩「情熱《パッション》という陣痛」（"The Travail of Passion"）（一八九六年初出）の中の表現「不滅の情熱《パッション》」（an immortal passion）と対照的な表現である。詩「情熱《パッション》という陣痛」では、イェイツは詩のインスピレーションを得る苦しみや創作という産みの苦しみを「不滅の情熱《パッション》」と呼び、キリストの十字架上の苦しみ（パッション）に喩えている。一方、パウンドの詩「年老いて」では、情熱《パッション》は単なる肉体のもので、それは老年になって体力の衰えと共に消えてしまうが、その代わりに、「老いることの無い」「不思議な夜の驚異《ワンダー》」と呼ばれるものがあると、繰り返している。しかも、その「驚異《ワンダー》」が恋人である二人を包むと、風にそよぐ木々の葉が自然に彼らの驚異《ワンダー》、老いることのない二人の愛の感動を、言葉にしてくれると言う。「木の葉がはらはらという音の中に私たちの驚異《ワンダー》を捉え／老いることのない私たちの驚異《ワンダー》を表すために／風が不思議な言葉で私たちの口を満たす」（十九―二十一行目）

パウンドは風にそよぐ木の葉の音こそが最も美しい詩であり、そのような詩を書きたいと願った詩人であるが、ここでは風と木の葉がインスピレーションとなって、肉体は衰えても、決して衰えることのない驚異《ワンダー》あるいは感動を、詩人の無意識の内に言葉にしてくれると、歌っているのである。老いても、心に「驚異《ワンダー》」あるいは自然に対する感受性が豊かにあれば、自ずと詩は生まれるであろうというのである。
さて、パウンドの「年老いて」の詩には、「蛾の時」（the moth hour）という奇妙な表現が見られるが、これはイェイツの詩「ギリガン神父のバラッド」（"The Ballad of Father Gilligan"）（一八九〇年初出）の中で、二回使われている表現をパウンドが借用したものと思われる。「ギリガン神父のバラッド」は、年老いたギリガン神父が「疲れ果て」て、日没の「蛾の時」につい眠ってしまって、死の床についている人を訪ねることを怠ってしまう。すると深夜になって、満天の星空となり、「風に木の葉がゆれると」、神様がギリガン神父の姿で現れて、彼の代わりに死にゆく人に最後の祝福を施してくださる。そして明け方、「蛾の再び現れる頃」、ギリガン神父は目覚め、神様の愛の奇跡に驚く、という物語である（Yeats 46-48）。イェイツの別の詩「さまよえるイーンガスの歌」（"The Song of Wandering Aengus"）（一八九七年初出）でも、「白い蛾が飛び／蛾のような星が消えつつある時」（Yeats 59）という表現が見られる。この詩の解説の中で、アンタレッカーは、それは即ち、「暁の薄明」の頃を指し、イェイツの詩では「奇跡が起こりやすい」時であると解説している。アンタレッカーはまた、次のように解説している。

それ自体、充分に印象的な詩である「さまよえるイーンガスの歌」は、「薄明の中に」の詩のすぐ後に置かれることによってさらに迫力を増している。なぜなら、「薄明の中に」の詩では、決定的な薄明の中で、「太陽と月の／神秘的な交流」が自然物の力と一体となって、人間を自然界の網から、「善悪」の網から解き放つとしているのであるから。

（Unterecker 91）

「蛾の時」、すなわち昼と夜の境にもたらされる「決定的な薄明」の瞬間、あるいは言い換えれば、「太陽と月の／神秘的な交流」のように、昼と夜が互いに交じり合う「決定的な」瞬間に、奇跡が起こり得ると、イェイツは信じていたようである。それゆえ、一日の内、二度起こっても不思議はないのである。イェイツの詩「ギリガン神父のバラッド」においては、日没間際の「蛾の時」に神父の願いが神様に聞き届けられ、奇跡自体は深夜に行われ、夜明けの前の「蛾の時」に神父は目覚め、奇跡が起こったことを知るのである。パウンドの詩「年老いて」の場合は、「蛾の時」に、「不思議な夜の驚異《ワンダー》」が年老いた恋人たちの目の中に現れ、「蛾の時」がまるで乙女のような「暁」をそうっと導いてくるのであるから、やはりこれも「太陽と月の／神秘的交流」によるものと言える。それゆえ、この点においてもイェイツの詩の影響が色濃いと言えるのである。

次に、「蛾の時」が導いてくる「暁」について考察する必要がある。ワイトマイヤーによれば、パウンドの初めて出版された詩の本はプロヴァンスの初期の詩、即ち「暁の詩」と呼ばれる詩の翻訳であったそうである。また、彼は「パウンドの初期の詩の多くは、彼がプロヴァンスの「暁の詩」やフラミニナスの詩に見出した類の美」を表そうとしているのだと分析して、次のように解説している。

一九〇八年に「ウォーバッシュ大学ロマンス語科教授、エズラ・パウンド」によって出版された彼のルネッサンスのラテン詩人についての評論[*3]の中で、彼は「暁」と結びつけて考えているある種の美を説明しようとした。それは「束の間であるけれど、何度も現れる、……燃えてはいないけれど暖かく」、それは「強い生気を与える力を持ってはいない」が、その「色合いは、ホイッスラーが蛾の時の霧を描く時のものと同じであり」、……「薄暮や、偽りの暁と本物の暁の間の美や、宵の明星と曙の薄明の美である」。
(傍線は筆者、Witemeyer 56-57)

ここで言う「偽りの暁」とは、ワイトマイヤーによれば、「夜明けの直前に、東ではなく西の空に太陽の光が映える」現象を指しているが、この評論で、パウンドがそのような「偽りの暁」と「本物の暁」との境の瞬間に、「宵の明星」と「明けの明星」、すなわち夜と昼の合体で生まれる「薄明」の美を、高く評価していたことがわかる。それはまた、イェイツの「薄明の中に」の詩において、「灰色の薄明」の中で、「太陽と月と、谷間と、森と、／川と小川の／神秘的な交流が彼らの意思を働かせる」(Yeats 59) と、表現したものに通じている。

確かに、パウンドは薄暮や夜明け直前の束の間の薄明の空の美しさを重視していたようで、「ギリシャの警句」("Greek Epigram")（一九〇八年初出）という詩では、「昼や夜は決して飽きることなく」、また「神様は飽きることなく」「昼と夜のために」彼らの「松明の運び手である」「薄明と薄暮を創造して」くださっているのに、自分が「夜明けや日没を称えるのに飽きる」ようなことがあったら、「もはや自分を不滅のものとして数えることなく」、「よく飽きる (wearing) ものの一人として」、あるいは「家畜」や「奴隷」と同様のものだと思ってくれてよいと、言っている (PT 78)。逆に言えば、「夜明けや日没」の様な美しさを「飽かず」詩に描いていくことは、神様の創造に準ずる神聖な行為であり、「不滅のもの」に近づくということだと、パウンドが間接的に主張していると言えるだろう。

このように、パウンドの詩の中に現れる「暁」は神聖な美の時間や、奇跡、創造と深く関係していた。ワイトマイヤーはまた、パウンドの詩「西の暁の薄明——ヴェネチアの六月」（"Aube of the West Dawn: Venetian June"）（*PT* 72）と、パウンド自身がその詩に付けた注、「このような知覚から、古代の偉大な英雄の神話が生まれるのだと思う。パウンド丁度、「木」の詩で、変身の神話を扱ったように」を参考にして、パウンドは「西の暁を神話や詩が生み出される時の恍惚状態と結び付けている」と分析している（Witemeyer 57）。

次に引用する「暁に——挑戦」（"To the Dawn: Defiance"）（一九〇八年）の詩で、パウンドは「血のように赤い槍」のような光を放つ非常に力強い「暁」を描いている。

暁に——挑戦

汝ら、暁の衣装を身につけ、血塗られた赤い槍を持った戦士よ
汝らは私の夢の暗い衣の騎士を追い立てているが、
見よ！　私は屈服することはない

私の堀を廻らせた魂は　汝らの侮辱の中で
敗れた軍勢にとっての夜の隠れ家を夢見るのだ
屈服することはできないのだから

（*PT* 53）

この勇壮な「暁」は若い詩人の姿であると言える。パウンドはまさにここに描かれている「赤い

槍を持った戦士」のように若く、無知で、傍若無人に、詩の創作に挑んでいた。そして、後には権威ある詩人イェイツにも挑むのである。それに対して、この語り手はパウンドに出会った後のイェイツのように、若い戦士の「挑戦」を真っ向から受けて立ち、表面的には敗れても、まだ服従はすまいと、虎視眈々と狙っているのである。それゆえ、この詩がイェイツではなく、若いパウンドが書いたということは大変に興味深い。この詩を読んだイェイツは、数年後、四十九歳の時、「暁」（"The Dawn"）（一九一四）を書き、その中で、「知識は一本の藁のように価値がない」ものだから、「私は暁のように無知でありたい」（Yeats 146）と繰り返している。彼がそう書く時、彼はまさに、「暁」について数多くの詩を書き、「赤い槍を持った戦士」のように、自信とエネルギーに満ちあふれ、大胆で傍若無人な、当時二十九歳のパウンドに対しての羨望を露わにしているのである。

「年老いて」の二十行目前後で、風に揺れる木の葉が驚異《ワンダー》を知らぬ間に言葉にしてくれると、歌っていたことが思い出されるが、このように、パウンドの「暁」は詩の創作と結びついているのである。イェイツの老年に対しての恐れは、単に情熱の枯渇だけではなく、創作のためのインスピレーションの衰えも意味していた。それゆえ、パウンドは「年老いて」の詩の中で、老年になれば、若い時のように「赤い槍を持った戦士」のような強烈なものではないが、奇跡を起こす「蛾の時」がかい添えとなって、乙女のようなインスピレーションを導いてくれるだろう、と言っているのである。二十七行目から三十二行目にかけてでは（本文一四二頁）、暁の直前に奇跡が起こり、普通の「蛾の時」が大文字の頭文字を持った「**蛾の時**」（Moth-Hour）に変身して「暁」を導くと、恋人たちの「夜の驚異《ワンダー》」も大文字となりハイフンも付いた「不思議な**夜**の驚異」（strange Night-wonder）に変わる。ここで、イェイツの詩「薄明の中に」の中の「太陽と月の神秘的な交流」のように、「夜」

と昼あるいは「暁」が一体となって、奇跡を起こしている、と言えるであろう。

『集注版　W・B・イェイツ詩集』（*The Variorum Edition of the Poems of W. B. Yeats*）によれば、イェイツの詩「クフーリンの海との対決」（"Cuchulain's Fight with the Sea"）（一八九二年初出）は一九二七年、詩人が六十二歳の時、大幅に改訂されている（*Variorum Edition* 105-11）。三十九行目から四十二行目は最初の版では以下のようであった。

……彼らと共に老いたクフーリンは居た
すると彼の若い恋人は彼のすぐそばに跪き、
星空の深みより悲しげな彼の目の中の
知恵をじっと見つめ、
彼の若き日々の栄光の功績（wonder）を想った

ここでは、"wonder"という単語が彼の素晴らしい功績をさしていた。しかし、改訂版になると、同じ行が次のように変えられている。

宴を楽しむ彼らと共にクフーリンは居た
すると彼の若い想い人は彼のすぐそばに跪き、
春の女神が古来の空を見るように、
彼の目の悲しげな驚異《ワンダー》（wonder）を見つめ、

そして彼の若き日の栄光（glory）を想った　　（Yeats 34）

この改訂版では、クフーリンに付けられていた形容詞「老いた」が無くなり、「驚異《ワンダー》」が彼の目のために使われている。また、彼の若い恋人は彼の目の中に、深い知恵だけでなく、老年の故に悲しげではあるが、彼女に対する彼の永遠の想いである驚異《ワンダー》をも見るように変えられている。このように、イェイツの方がパウンドの詩「年老いて」を読んで、パウンドのユニークな表現である「驚異《ワンダー》」を自分の詩に採用している。イェイツの解釈を参考にすると、パウンドの「驚異《ワンダー》」とは、老年になって肉体的な情熱の去った後でも心に居続ける、不滅の愛情あるいは美に対する感動とでも言えるようなものではないだろうか。

「年老いて」の詩の結びの部分は、まるで芝居の脚本のように恋人の対話体となっていて、女性の方が老年についての悟りを恋人に説いている。イェイツも会話を詩の中に使うことはあったが、これほどはっきりと、戯曲のように会話を際立たせることは初期の詩にはなかった。イェイツの詩「儚いもの」の四行目に「すると、彼女――」と、あるくらいである。パウンドはこのイェイツのさりげない会話体に目をつけて、「年老いて」では、このように二人の対話を際立たせて、「彼　「赤い槍を…」……」、「彼女　「いいえ…」……」（本文一四二―四三頁参照）と、大胆な締めくくりをしたと思われる。そして、その短いさりげない対話の中に、この詩の中で議論されてきた老年についての考えや、老年になってからのインスピレーションの持ち方、「暁」や「蛾の時」の奇跡などが全て凝縮しておさめられ、大変斬新な、印象深い締めくくりとなっている。このような形式をイェイツは気に入ったようで、一九二〇年初出の「マイケル・ロバーツと踊り子」（“Michael Robartes and the Dancer”）（Yeats 175-76）と「過去の人生からの一つのイメージ」（“An Image from a Past Life”）（Yeats 178-79）の詩で、「彼　……」と「彼女　……」を繰り返す、対話体のみの詩を発表している。それゆえ、そのようなイェイツの後期の詩の誕生に、パウンドのこの「年老いて」の詩が少なからず影響を与えていたと言うことができるであろう。

　これまで見てきたように、パウンドの初期の「年老いて」という詩は、多くのイェイツの詩を下敷きにして書かれていた。しかしながら、パウンドは決してイェイツの思考や技巧をそのまま真似ているわけではなく、イェイツの詩から学んだものをさらに発展させて、新しい詩を書いてみせている。また、老年やインスピレーションの枯渇についての不安を表すイェイツに対して、自分の意見を述べ、さらには二十歳年長の詩人を励ましているようにも思える。一方、イェイツの方は、そのような怖いもの知らずの若者の大胆な実験的技法や言葉の使い方を、後の自分の詩の改訂や、新たな詩の創作に取り入れている。イェイツは、会話体の詩のように、パウンドから学んだ技法をさらに発展させ、全く新しいタイプの詩を創造してもいる。このように、年老いてもなお素直に感動し、若者の意見に耳を傾ける柔軟な心こそが、イェイツに、肉体は老いても、なお新鮮な後期の詩を書かせたと言えるだろう。そのような心こそが、パウンドが「年老いて」の詩で主張している驚異《ワンダー》ではないだろうか？

注

＊1　ワイトマイヤーがイェイツの影響を受けていると指摘しているのは、次の八編である。
“The Tree,” “Und Drang,” “Laudantes Decem Pulchritudinis Johannae Templi,” “La Fraisne,” “The

Flame," "Au Jardin," "Amities," and "The Lake Isle." (48)

＊2　一九一三年一月三日付け、グレゴリー夫人に宛てたイェイツの手紙から（Jeffers, *W.B. Yeats: Man and Poet* 167）。

＊3　"M. Antonius Flamininus and John Keats." *Book News Monthly*. XXVI (February 1908): 445-47.

引用文献

Carpenter, Humphrey. *A Serious Character: The Life of Ezra Pound*. N. Y.: Delta, 1988.

Grieve, Thomas F. *Ezra Pound's Early Poetry and Poetics*. Columbia and London: University of Missouri Press, 1997.

Jeffers, A. Norman. *A New Commentary on The Poems of W. B. Yeats*. London: Macmillan, 1984.

———. *W. B. Yeats: Man and Poet*. New Haven: Yale U.P., 1949

Longenbach, James. *Stone Cottage: Pound, Yeats & Modernism*. N. Y.: Oxford UP, 1988.

Tytell, John. *Ezra Pound: The Solitary Volcano*. N. Y.: Doubleday, 1988.

Uno, Hiroko. "The Trees in the Poetry of W. B. Yeats and Ezra Pound." *Paideuma* 28. 2-3 (1999): 133-148.

Unterecker, John. *A Reader's Guide to William Butler Yeats*. N. Y.: Farrar, Straus & Giroux, 1959.

Witemeyer, Hugh. *The Poetry of Ezra Pound: Forms and Renewal, 1908-1920*. Berkeley: University of California Press, 1969.

Yeats, W. B. *The Poems*. Ed. Richard J. Finneran. A New Edition. London: Macmillan, 1983

———. *The Variorum Edition of the Poems of W. B. Yeats*. Eds. Peter Allt and Russel K. Alspach. New York: Macmillan, 1957.

Zinnes, Harriet, ed. *Ezra Pound and the Visual Arts*. N.Y.: New Directions, 1980.

鵜野ひろ子「イェイツの詩の成長とパウンド」（佐野哲郎編『豊穣の風土――現代アイルランド文学の群像』山口書店、一九九四年。四九―六七頁）

9 「活力」と「原罪」

パウンドとエリオット

長畑明利

I

一九一四年にロンドンで会って以来、パウンドとエリオットは、その詩人としての資質の違いにも拘わらず、文学史上でも稀な厚い友情を育んだ。いち早くエリオットの才能を見出したパウンドは、イギリスでの生活になじめぬ彼に当地にとどまるよう説得し、一九一五年には、後に財政面、精神面の両方でエリオットの『荒地』執筆を支えることになるジョン・クィンを紹介した。[*1] 一九一七年には、エリオットの最初の詩集『プルーフロックおよびその他の観察』の出版を実現させるために、出版社にかけあい、またエリオットに内緒で印刷費用を借金した。生活費と体調のすぐれぬ妻ヴィヴィアンの治療費を稼ぐためにロイド銀行に勤務するエリオットをその窮状から救おうと、パウンドは彼のための資金援助計画をも画策した。「彼にあの銀行で一日八時間分の体力を浪費させることは文学に対する罪であるという事実が目に見えないふりをしてもだめです」とパウンドは一九二〇年にクィンへの手紙に書き、四、五人の人からエリオットのために年に合計四〇〇ポンドを集めることはできないものかと打診している[*2]（*EWLFT* xviii-xix）。この計画は実現しなかったが、一九二二年にエリオットが経済的にも精神的にも打ちのめされていることを知ったパウンドは、再びエリオットを銀行の仕事から救い出そうと画策し、篤志家のみならず友人の作家・芸術家たちにも援助を呼びかけた。パウンド自らが「ベル・エスプリ計画」と名づけたこの資金援助計画は実を結び、エリオットはクィンから五年間、年に四〇〇ドルを受け取ることになる（*EWLFT* xxiv-xxviii）。

出版のための骨折りと財政援助だけではない。パウンドは詩作においてもエリオットに数々のアドヴァイスを与えた。彼は後に『詩集』（一九二〇）に収録されることになる「ゲロンチョン」や「不死の囁き」といったエリオットの初期の短詩草稿にコメントし、また、よく知られているように、一九二一年から二二年にかけて、『荒地』の草稿に手を入れた。草稿中、パウンドは三箇所の長いパッセージを削除して、全体を三分の一程度に縮めたが、パウンドの忠告をエリオットが重視していたことは、二人の手紙のやりとりに見て取れる。例えば一九二二年のある手紙で、エリオットは、本あるいはパンフレットの形で『荒地』を出版する際に「ゲロンチョン」を「前奏曲」としてその前に印刷すべきだろうか、あるいは、大きく削ってしまった「水死」のセクションのうち、かろうじて残されたフレバスのくだりも同様に削除すべきだろうか、といった作品の構成上の質問をし、パウンドは返信で、「ゲロンチョン」を前奏曲として用いないほうがよい、フレバスは残すべきだ、など的確な回答を与えている。それらの手紙で、エリオットはパウンドに「我が師よ」と呼びかけ、その返信でパウンドは彼を「我が愛しい弟子よ」と呼んでいるが、この冗談めかした呼びかけは、教師と弟子の関係に近いこの時期の二人の関係を端的に示している[*3]（*L* 170, 171）。発表された『荒地』の冒頭に記された「より巧みなる者／エズラ・パウンドへ」（For Ezra Pound / il miglior fabbro）という献辞がエリオットのパウンドへの謝意を表明するものであることはよく知られている。

『荒地』での献辞のみならず、モダニズムの金字塔と称されるこの作品の執筆に関し、また、それ以前のパウンドの様々な援助に対し、エリオットが実際に感謝していたことは間違いない。例えば、一九二二年に『荒地』の雑誌『ダイアル』への掲載と、副賞二〇〇〇ドルのダイアル賞の受賞が決まったとき、エリオットはクィンへの手紙の中で、「私のただ一つの心残りは（…）この賞がパウンドに贈られるよりも先に私に贈られることになったということです。疑いなく「文学に対する貢献」ということであれば、私よりも彼のほうが認められるに値すると感じますし、彼がこの〝公の証言〟を受け取るまで私自身は待たされるべきだったと感じます」（*EL* 571-572）とすら書いている。しかしその一方で、エリオットのこの作品への言及には徐々に否定的なトーンが感じられるようになっていく。例えば一九二三年に、彼は詩人リチャード・オルディントンに、『荒地』は「私に関して言えば、もう過去のものだ」と書き送っているし（*EL* 596）、一九三一年の『ランベスにならった思索』では、『荒地』が自分の世代の幻滅を表現していると言われることに対して、自分は「その世代の〝幻滅しているという幻想〟を表現したかもしれないが、それは私の意図の一部を形成するものではなかった」と書き（*ESE* 368）、この作品が出版後に与えられた解釈に戸惑いを見せている。一九五〇年のハーヴァード大学での講演では、この作品を重要な社会批評とみなす解釈があるが、自分にとってそれは「人生に対する個人的でまったく取るに足らぬ不平の吐露」であり、「リズミカルなぼやき」に過ぎないと回想し（*EWLFT* 1）、一九六三年のインタビューでは、『荒地』を書く際に、「私は自分が言っていることを理解しているかどうか気にもしていなかった」（Plimpton 105）とさえ言っている。

『荒地』についてのこうした言い回しは、エリオットがパウンドの影響下に書いたこのモダニズムの大作に対して距離を置こうとしていたことを示唆している。そしてそのことは、必然的に、パウンドの主導するモダニズム的文学観からの逸脱の試みにつながる。一九二三年にパウンドが「詩篇八」の冒頭に『荒地』の一節（四三〇行目）を踏まえた一行――「これらの断片をきみは棚にあげた（陸に揚げた）」（CA 28）――を書いたとき、それを自分の雑誌『クライテリオン』に掲載することになっていたエリオットは、次のように抗議している――「戦術的理由から一行目には強く反対します。今のままだと人は僕らが共同で詩を書いていると、あるいは、あなたが僕のを書いて、僕があなたのを書いていると考えたくなるでしょう。許可してもらえるのなら、二行目から始めましょう」（Carpenter 419）。結局、「詩篇 八」は『クライテリオン』に五行目から掲載されることになるが、この発言は、『荒地』出版までに見られたパウンドとエリオットの「師弟関係」から、エリオットが離脱を宣言したものとも見なされよう。

2

パウンドに対する距離は次第にパウンド的なモダニズムに対する批判へと変化していく。そしてそこに浮かび上がるのはまさにエリオットとパウンドの資質の違いである。例えば、一九二八年に『ダイアル』に掲載されたパウンドの『仮面』の書評で、エリオットは「私は彼［パウンド］が言っていることにはめったに興味を惹かれることがない。ただ彼がそれを言う言い方に興味を惹かれるのだ」と書き、「パウンド氏は何を信じるのだろう」という言葉で書評を締めくくっている（Eliot. "Isolated" 7）。ここに見出されるパウンド評と疑問は『荒地』以後のエリオットのパウンド観を端的に示すもののように思われる。「彼が言っていること」（what he is saying）には興味を持てないが、

「彼がそれを言う言い方」（the way he says it）に興味があるという発言は、パウンドに関してエリオットが評価するのは「表現方法」あるいは詩の「技巧」であり、作品で語られる「内容」ではないということを意味する。パウンドは詩の韻律やリズム、仮面の使用といった手法については他の追随を許さぬ卓越した技量を持っているが、内容の面では物足りないという思いである。また、「パウンド氏は何を信じるのだろう」という疑問は、エリオットが卓越した技法よりも詩に表明される信念をより重視することを示している。同じ一九二八年に出版されたパウンドの『選詩集』の「イントロダクション」でも、エリオットは同様の姿勢を見せている。パウンドの初期作品には彼の「個人的感情」と「詩法」の乖離が見られ、両者が融合することがない、とエリオットは言う（SP 13）。『ヒュー・セルウィン・モーバーリー』と『詩篇』にはそのような融合が見られると付け加えられるものの、エリオットは後者の「哲学」には同意できないとも書いている（SP 19）。エリオットのこうしたパウンド評価をもってすれば、『荒地』に記された「より巧みなる者／エズラ・パウンドへ」という献辞には、「内容はともかく、技巧に関してはより優れた者」という意味合いが隠されていたと勘ぐることもできるだろう。

第二次大戦末期にパウンドが北イタリアで捕らえられ、反逆罪の裁判にかけられ、その後、ワシントンの聖エリザベス病院に軟禁されると、エリオットはしばしばワシントンに赴いてパウンドを慰問し、彼の反逆罪の告発が取り下げられるよう運動した。同時に彼は、そうした社会的不名誉の状態にあったパウンドのボリンゲン賞受賞のためにも努力した。こうした行動にエリオットの変わらぬパウンドへの友情を見ることはできる。しかし、そうした厚い友情にも拘わらず、パウンドの詩は内容を欠くというエリオットの評価は大きく変わらなかったように見える。パウンドの『文芸批評集』の「イントロダクション」でも、エリオットは、パウンドが詩の「技巧」(craft) に注意を集中していることを指摘し、それをパウンドのような批評家の「限界」としているし (*LE* xiii)、一九五〇年にF・R・リーヴィスに書き送った手紙では、『ピサ詩篇』の「汝の虚栄を引きずりおろせ」の一節 (*CA* 541) と、机を作ってくれた黒人への言及 (*CA* 538-539) は「人間性」(a touch of humanity) を感じさせるものの、そうした例外的な箇所を除くと、「私は『詩篇』はまったく不毛で憂鬱な作品だと思う」と書いている。ここでもエリオットは、『詩篇』におけるパウンドの (人間的な) 個人的感情の表出の欠如に注目している。同じ手紙の中で、エリオットはパウンドの「比類なきリズム感覚」(Leavis 998) にも触れており、個人的感情の表出が技巧上の卓越性に対比されていることが分かる。

『荒地』出版後のエリオットのこうしたパウンド批判――技巧上の卓越性はあっても内容を欠き、深い個人的感情が表れない――は、二十世紀のアメリカ詩を考える上で意義深い。一般にいわゆるモダニズムの詩の特徴として挙げられるのが主として手法上の革新だからであり、その主たるものがエリオットの『荒地』に見出されるとされるからである。「帝王切開」に比されるパウンドの「編集」を経てできあがった『荒地』には、断片性、引用、パロディ、多声性、神話的枠組み、高尚芸術と大衆文化の混交といった革新的な手法が見出される。『荒地』草稿のファクシミリ版と出版された『荒地』とを比較してみると、これらの特徴がすべて一九二一年から二二年の「編集」によってもたらされたとは言えないが、結果としてモダニズム詩の代表作とみなされることになるこの詩の執筆がパウンドの影響下にあったことは推測できる。『荒地』出版後のエリオットのこの作品およびパウンドに関する発言が、一面において否定的なものに変わっていったとすれば、それは彼がパウンドの唱導した手法的革新を重視するモダニズム詩のあり方を否定したことを意味しよう。

もちろん、エリオットのパウンド評価にも拘わらず、パウンドが技法のみに関心を持った詩人であったとは言い難い。彼にとっての詩の「内容」がダグラス少佐の「社会信用論」であり、儒教的世界観の追求であり、ファシズムであったと論じることは可能である。金融資本に代表される「生産」とは無縁の「利子」の追求が社会的矛盾をもたらし、その結果芸術の衰退を招いたとするパラノイアックなまでの想念に突き動かされ、パウンドがモダニスト的スタイルを駆使しつつ、利子批判を展開し、金融資本に毒される前の秩序ある世界像を描出し、そのような前近代的秩序を維持して芸術を庇護した指導者たちの生き様を描いたことは間違いない。類い希な詩の技巧家ではあるが、そこには内容がないというエリオットのパウンド評価、あるいは、『詩篇』には深い人間的感情が見られないという作品評価は、こうした利子批判や社会信用論とファシズムの擁護がパウンドの直接的な心情の表明であれば、的はずれのものとなるだろう。

エリオットの不満はむしろパウンドが詩に展開する「内容」の性質にあったとも考えられる。リーヴィス宛ての手紙に見て取れるように、『詩篇』の中でエリオットが人間的な感動を与えるとして評価したのが「汝の虚栄を引きずりおろせ」の一節と、机を作ってくれた黒人への言及であることが示唆するように、彼にとって評価に値する「内容」はあくまで彼の目から見た「人間性」の発露の場面であり、パウンドのパラノイアックな社会信用論の宣伝や利子批判は評価に値する「内容」ではなかったということかもしれない。

実際、『荒地』以後、エリオットの関心はモダニズム的「形式」を離れて、個人的かつ人間的な感情を反映する「内容」面に移行したのであり、その「内容」とは彼にとって伝統とキリスト教信仰に基づくモラルの追求を意味したのである。エリオットが一九二八年には自身を「宗教においてはアングロ・カトリック、文学においては古典主義者、政治においては王党派」と規定し、詩作においても、『荒地』の後、『うつろな人々』（一九二五）、『聖灰水曜日』（一九三〇）、「巌」のためのコーラス（一九三四）、『四つの四重奏』（一九四三）と、宗教とモラルをその中心テーマとする作品を発表していったことは、そのことを裏付けている。一九三四年の『異神を追いて』に見られるパウンド批判は、こうしたエリオットの姿勢を明確に示す点で注目に値する。そこでエリオットは、現代文学におけるモラルへの関心の欠如を指摘した後で、パウンドの「地獄詩篇」（「詩篇 一四」と「一五」）に描かれる地獄に対して次のような批判を展開する。

まったく尊厳のない地獄が意味するのは天国も同様に威厳を欠いているということです。もし地獄において個人の責任と状況とが、本質的な「悪」と社会的偶然とが区別されないのなら、想定される天国も（もしそれが想定されるのなら）同様に些末で偶然的なものになってしまうでしょう。パウンド氏の地獄は、その恐怖にも拘わらず、現代人の心が静観することのできる完全に快適な地獄であり、いかなる人の自己満足を妨げるものでもありません。それは他人の地獄なのであり（…）自分と自分の友人のための地獄ではないのです。（*EASG* 43）

パウンドが描く地獄は政治家や悪徳業者など「金銭欲を五感の喜びに優先させる者」（*CA* 61）たちがあえぐ「尊厳を欠き、悲劇を欠く」（*CA* 63）地獄だが、その描写は原罪の意識を失った現代人の心を動揺させることがない。それを読む者は、自分もまた神の目に照らし合わせて罪を犯してはいないかという自己吟味、すなわち「強い道徳的苦悶」（*EASG* 43）を強いられることがなく、それは自分には及ぶことのない他人の地獄にすぎない、とエリオットは批判する。この論評はパウンドがそのような「強い道徳的苦悶」を自身の個人的感情の体験として表現し得ていないという批判となっているばかりでなく、宗教観とそれに根差すモラルを重視するエリオット自身の文学観をも強く打ち出すものと言える。

3

一方、こうしたエリオットの転向をパウンドもまた批判的に見ていた。例えば、一九三二年のある手紙で、彼はエリオットの他の詩人や批評家への影響を「悪しき影響」と呼んでいるし（*L* 240）、同年の別の手紙では、エリオットの詩的スタイルを「内容、内面、主題」を重視する「老人の道」として性格づけて、もう一つの「道」である「音楽」に対比させている（*L* 248）。また、時代は前後するが、一九三〇年の短いエッセイ「信条」の冒頭で、パウンドは「ときに優れた詩人であり、またイギリスの批評家のあいだで、主として死人のふりをすることによって、この上なく高い地位にたどりついたエリオット氏が、かつて好意的な論文の中で、私は「何を信じるのだろう」と問いかけた」と書いている。続けてパウンドは、こうした質問に対しては、孔子とオウィディウスを読むようにと答えていると述べた後、エレウシス信仰への共感を示し、また、第一次大戦後の「キリスト教への回帰」は「大いなる拒絶[*4]」（gran' rifiuto）であり、「衰退の兆し」であると主張している（*SPr* 53）。このエッセイは、技巧に秀でてはいるが内容を欠くとするエリオットのパウンド評に答えるものでもあるが――パウンドは自分の信念が異教的なものであることを表明しているのだ――

同時にそれは、キリスト教信仰に根差したエリオットの文学活動に対する明らかな批判でもある。

とりわけ、このエッセイで注目すべきは、パウンドが用いる「死人」「衰退」といった用語である。なぜならこれらの表現は、パウンドがエリオットの文学活動を彼が重視する生命力の横溢というモチーフに照らし合わせて見ていることを示すものだからである。(「大いなる拒絶」への言及も活力の欠如を暗示するものに他ならない。)パウンドが罪を犯しつつも活力ある人間を好んで作品に採り上げたことはよく知られている。「セスティナ・アルタフォルト」および「ペリゴール近郊」における吟遊詩人ベルトラン・ド・ボルンは、「剣と剣がぶつかり合うときにしか我が生はない」(*PT* 105)と語る人物だし、『詩篇』に描かれるルネッサンス期の傭兵隊長シジスムンド・マラテスタもまた戦火の中で巡らす策略の応酬の中にその生命力を迸らせ、「十人の悪魔のように」(*CA* 34)闘った男である。ムッソリーニがその系譜に連なることは言うまでもない。思想的・政治的立場はともかく、いずれも激烈な生を全うした人物であり、こうした人物たちに、例えば「活力の欠如ゆえに」(in abuleia)殺されたとされるアレッサンドロ・メディチ(*CA* 19)や、同様の理由で滅亡したと言われる隋の煬帝(*CA* 285)らが対置されたのであった。

『詩篇』に見て取れる歴史上の、また同時代の人物の死を厭わぬ生命力への共感をもってすれば、パウンドがエリオットのキリスト教と保守主義への転向を批判的に見たとしても不思議ではない。実際、パウンドが一九三六年のエリオット宛の手紙の中で、自身の「魂の流れ、理性の生命、内的瞑想の輝く光」(*L* 280)を強調しているのも、それらを欠くエリオットとの対比を仄めかすものと取れるし、一方、『詩篇』におけるエリオットへの言及は「死」に関するものが多い。例えばエリオットがアルノーの名で登場する「詩篇 二九」には、一九一九年に、彼がパウンドとともにトゥルバドゥールゆかりの地であるエクシドゥイユを訪れたときの回想が織り込まれるが、そこでパウンドは、波の文様の刻まれた石の前で、エリオットが「僕は死後の生が怖い」とつぶやいたことを報告する――そして同じ詩篇の中で、パウンドは「私にはわからない／彼らが示すこの死に対する愛が」と述べる（CA 145）。「詩篇 八〇」では、「奇妙ではなかろうか、エリオット氏が／葬儀屋の王子ベドー氏（T・L）に／もっと時間を割かないのは」（CA 518）と述べられるが、この一節も死後の生をテーマとするエリオットの「不死の囁き」――かつてパウンドはこの詩に多くのコメントをほどこした――への言及である。さらに、「詩篇 七四」の冒頭には次のようなエリオット（ポッサム）への言及がある。

農夫の前屈みの肩にひそむ夢の壮大な悲劇
ああマニよ！　マニは皮を剝がれ詰め物をされた
そしてベンとクララもミラノで
　　ミラノで踝から
蛆虫どもが牛の屍を喰らうようにと
〝二度生まれし者〟ディオニュソス、だが二度礫にされた者を
　　歴史のどこに見出せようか
しかしポッサムにはこう言ってやれ――シュンではなく、バーンという音だ、
　シュンではなく、バーンという音とともに
星の色したテラスを持つディーオーケーの都市は築かれるのだと。
（CA 445）

ファシスト政権崩壊の後、愛人クララとともにミラノで逆さ吊りにされたムッソリーニへの哀歌の中で、パウンドは彼の死を悼みながらも、それが壮大な理想の実現のために華々しく散った生であったことを、エリオットの『うつろな人々』の中の表現に照らし合わせて示している。エリオットはその詩のエピグラフに、一六〇五年の火薬陰謀事件において、議会爆破計画実行直前に捕らえられ、処刑されたカトリック教徒ガイ・フォークスへの言及を用い、また、詩の最後を「こんなふうに世界は終わる／バーンではなく、シュンという音で」（*ECCP* 86）という言葉で締めくくっていた。フォークスが議会爆破を実行に移すことなく捕らえられたことを指すこの言葉は、現代に生きる「うつろな人々」の精神性をも暗示するものだが、パウンドはそれを踏まえつつ、ムッソリーニがそのような「うつろな人々」とは異なり、計画を実行に移した人であることを、そして自分がエリオットとは異なり、ひからびた生を生きながらえる者ではなく、理想の実現のために激烈な生を生き、苛烈な死を遂げる者を讃える詩人であることをも宣言しているのである。

4

パウンドの生命力の強調は、宗教的信仰とそれに基づくモラルの追求をテーマとし、それを欠くパウンドの詩を物足らぬものとする後期エリオットの批判に対する応答として解することができる。しかし、ここで再考したいのは、パウンドの詩に見られるとエリオットが示唆する技法と内容の乖離の問題である。もし生命力の充溢がパウンドの詩の重要なテーマ（内容）であるとしたら、それは彼の詩の形式によってもまた表現されているのではなかろうか。なぜなら、アヴァンギャルド的なパウンドの詩のスタイルこそは、それによって語られることになる生の躍動、あるいは、激烈な生というテーマを体現しているからだ。イマジズム以来のパウンドのアヴァンギャルド的手法の追求は、一八九〇年代に流行した生気を欠いた詩のスタイルに対する反動ではなかったか。一九一一年から一二年にかけて書かれたエッセイ「私はオシリスの四肢を拾い集める」でも、パウンドは芸術作品を、様々な種類のエンジンと同じく、「自然の潜在的エネルギー」（SPr 25）を持つものとしてイメージしていたはずである。その後、イマジズムの運動を起こすと、彼はそれが「静的」であることに飽きたらず、ヴォーティシズムという新しい運動に移行した。そこでパウンドは、イメージを「渦巻き」、あるいは、様々な観念が「間断なく殺到する」「結節点」として捕らえていた（GB 92）。一九三四年に発表された「カヴァルカンティ」論でも、パウンドは中世芸術に見られる「エネルギー」（*LE* 154）を強調した。パウンドが『詩篇』の創作原理の一つの鍵とした「表意文字的手法」もまた、『文化への案内』の説明によれば、読者の心の「死んだ、感度をそがれた表皮」（*GK* 51）からの脱却を促すものとして性格づけられていた。『詩篇』に見られるコラージュの手法は、「表意文字的手法」に従い、異質な断片と断片を併置することにあるが、脈絡を欠いた断片どうしの衝突によってもたらされるのはダイナミズムであり、力強さであり、「創造的活力」（virtu）（CA 177, 627）の発露に他ならない。

もしパウンドが追求した斬新な詩形式がダイナミズムを生み出すことを意図したものであり、またそれが彼が唱導した新しい詩のスタイルであったとしたら、彼がエリオットの『荒地』に与えたスタイル上の影響はまさにダイナミズムを生み出すことにあったとも言える。エリオットが『荒地』のスタイルを過去のものとし、宗教的テーマの追求に移行したことは、ダイナミズムの追求というパウンドの詩的関心からも逸脱したことを意味するだろう。エリオットの言うパウンドの「卓越した技法」は、内容を欠いていたのではなく、まさに内容の表現であったのである。

注

＊1　以下、エリオットに対するパウンドの援助・協力とそれらに対するエリオットの反応、および『荒地』以後の二人の関係をまとめるに際しては、主として文献中の Harwood、Langbaum、および *EWLFT* に付されたValerie Eliot による「イントロダクション」（ix-xxx）を参照した。

＊2　エリオットの著作には以下の略語を用いる。*EASG*: *After Strange Gods*、*ECCP*: *Complete Poems and Plays*、*EL*: *The Letters of T. S. Eliot*、*ESE*: *Selected Essays*、*EWLFT*: *The Waste Land: A Facsimile and Transcript*。

＊3　パウンドの著作には以下の略語を用いる。*GB*: *Gaudier-Brezeska*、*GG*: *Guide to Kulchur*、*L*: *Selected Letters of Ezra Pound, 1907-1941*、*LE*: *Literary Essays of Ezra Pound*、*SP*: *Selected Poems*、*SPr*: *Selected Prose, 1909-1965*。

＊4　ダンテ『神曲』「地獄篇」第三歌より引かれた言葉。臆病から神に仕えることを拒んで地獄に落とされた者の形容。教皇職を辞した Pope Celestine を指すと言われる。

引用文献

Carpenter, Humphrey. *A Serious Character: The Life of Ezra Pound*. New York: Doubleday, 1988.
Eliot, T. S. *After Strange Gods: A Primer of Modern Heresy*. London: Faber & Faber, 1933.
——. *Complete Poems and Plays*. London: Faber, 1969.
——. "Isolated Superiority." *The Dial* 84.1（Jan. 1928）: 4-7.
——. *The Letters of T. S. Eliot*, vol. 1. Ed. Valerie Eliot. London: Faber, 1988.

———. *Selected Essays*. 3rd. Ed. London: Faber, 1951.

———. *The Waste Land: A Facsimile and Transcript of the Original Drafts Including the Annotations of Ezra Pound*. Ed. Valerie Eliot. London: Faber and Faber, 1971.

Harwood, John. "'These Fragments You Have Shelved (Shored)': Pound, Eliot and *The Waste Land*." *Pound in Multiple Perspective: A Collection of Critical Essays*. Ed. Andrew Gibson. London: Macmillan, 1993. 188-215.

Langbaum, Robert. "Pound and Eliot." *Ezra Pound among Poets*. Ed. George Bornstein. Chicago: U of Chicago P, 1985. 168-194.

Leavis, F. R. "Eliot and Pound." *Times Literary Supplement* (Nov. 9, 1970): 998.

Plimpton, George, ed. *Writers at Work*: The Paris Review *Interviews*. 2nd. Ser. Harmondsworth: Penguin, 1977.

Pound, Ezra. *Gaudier-Brzeska: A Memoir*. New York: New Directions, 1970.

———. *Guide to Kulchur*. New York: New Directions, 1970.

———. *Literary Essays of Ezra Pound*. Ed. and Intro. T. S. Eliot. New York: New Directions, 1968.

———. *Selected Letters of Ezra Pound, 1907-1941*. Ed. D. D. Paige. New York: New Directions, 1971.

———. *Selected Poems*. Ed. and Intro. T. S. Eliot. London: Faber & Gwyer, 1928

———. *Selected Prose, 1909-1965*. Ed. William Cookson. New York: New Directions, 1973.

一〇　贈与交換と職業倫理

パウンドとウィリアムズ

江田孝臣

1

アメリカ詩において、二十世紀前半は「T・S・エリオットの時代」であり、後半は（多少の異論はあろうが）ウィリアム・カーロス・ウィリアムズの時代であったとすれば、二十世紀全体はエズラ・パウンドの時代であったと言えよう。この「モダニズムの興行師」の存在がなければ、二十世紀アメリカ詩は、その半分も豊穣であったかどうか、大いに疑問である。パウンドの鉈がふるわれなければ、『荒地』はモダニズム詩の金字塔とはならず、パウンドとの偶然の出会いがなければ、ウィリアムズは医者を生業とする三流の詩人で終わっていただろう。イェイツやフォード・マドックス・フォードとの出会いがなくとも、やはり、パウンドはモダニズムの第一級の詩人となり得ていただろう。

したがって、ペンシルヴェニア大学でのパウンドとの出会いは、詩人ウィリアムズにとって決定的な出来事であった。第二次世界大戦中と戦後のぎこちない関係など、多くの紆余曲折を経ながらも、二人の友情はウィリアムズの死まで続くことになる。しかしながら、審美的な側面でウィリアムズがパウンドから大きな感化を受けたのは事実だが、二人はその生き方においてはまったく正反対の道を歩んだ。パウンドはウィリアムズにとっての反面教師であったかのようにも見える。ウィリアムズは、生まれた町の産婦人科兼小児科の開業医として、晩年長男に家業を譲るまで、はたから見れば詩を書く暇などまったくないような仕事中心の多忙な生活に終始した。患者でさえウィリアムズが詩人であることを知らなかった。一方、パウンドは一九〇八年以降ロンドンを本拠に旺盛な文学活動を展開し、初めのうちこそ合州国での研究教育職に未練を残していたが、第二、第三詩集の成功、イマジズム運動以降は、自らの文学的力量への自信を深め、多くの詩人、芸術家を世に送り出し、さまざまな運動を主導し、モダニズムの中心人物となる。その後、活動の拠点をパリ、そしてイタリアと移していくが、終生、生活のために文筆・編集業以外の仕事に就くことはなく、いわばボヘミアンの詩人の人生を貫いた。

ここに、二人の対照的な生き方を表わす格好の例を示そう。まずはパウンドの一九一五年の「湖中の島」("The Lake Isle")の最終部である——

おお、神よ、おお、ヴィーナスよ、おお、マーキュリー、盗賊の守り神よ、
我にささやかな煙草屋を貸し与えよ、
　さもなくば如何なる生業にでも就かせたまえ
このもの書きという、四六時中頭を使わねばならぬ
　呪われた仕事でなくば。

(*PT* 294)

言うまでもなく、イェイツ初期の有名な「イニスフリー湖中の島」（"The Lake Isle of Innisfree"）のパロディーである。いかに詩作が天職との確信があるにせよ、毎日絶間なく筆を動かさねばならない辛さに不平を洩らしたくなることは、自信家パウンドにもある。しかし、これが本心だという意識はない。ヴィーナスとマーキュリーへの大仰な祈願の一方に、煙草屋という市井の職業への軽い侮蔑が感じられ、全体の調子は滑稽である。

ウィリアムズの方は、これよりもかなり後の一九三〇年に発表された「花」（"The Flower"）という詩の、やはり最終部である。パウンドの詩に対する意識的なアンチテーゼである可能性も否めない。

おれには考えがある——いまは金のために
汗水たらしてこの手でやっている病人の治療と
世話を、ボタンを押すだけで
済ますことができて、頭が冴えわたり
燃えている朝の
気分爽快な時に——思いっきり詩を書くことだ。

（*CPI* 324-5）

四六時中書くことを強いられるパウンドとは対照的に、ウィリアムズには書きたくとも、書く時間がない。往診中心の当時は、医者は朝から晩まで患者宅を巡回するのが仕事だ。夜中であっても、いつ急患の電話が入るか分からない。それでもウィリアムズは膨大な作品群を残すのだが、身近にいた実の息子さえ、父親がいつどこでそんなものを書いていたのか不思議に思うほど医者の仕事は多忙をきわめた。テクノロジーの発達の末に、何らかの自動機械がボタンひとつで、辛い仕事を代わってやってくれる未来を、ウィリアムズは半ば絶望的に夢見ている。パウンドの詩は、イェイツを始め、同じ著述の苦しさを知る作家仲間に向けた息抜きの冗談であったかもしれない。だが、ウィリアムズの悩みを分かち持つ詩人仲間はほとんどいなかったであろう。仲間内の冗談ではなく、焦燥と孤立がウィリアムズの詩を特徴づけている。

2

さて、この二篇の詩は、二人の詩人の置かれた対照的な立場、その生き方の違いを表しているだけではない。

ウィリアムズの「花」の前段では、ニューヨーク市の急速な近代化についての言及がある。第一次世界大戦後の稀に見る好景気に支えられて、この詩が書かれる頃までに、マンハッタンには科学技術の粋を結集した建築物が次々に姿を現わしていた。週末にマンハッタンに出て、作家・芸術家仲間と会うことを数少ない気晴らしのひとつとしているウィリアムズは、フェリーボートに乗ってハドソン川を渡る。船上からは、完成すればマンハッタン島北部とニュージャージを結ぶことになる巨大な吊り橋ジョージ・ワシントン・ブリッジや、ミッドタウンの同じく建設中のエンパイア・ステイト・ビルディングなどが、週末ごとにその高さを増していくのが見える。ウィリアムズに衝撃を与えたのは、科学技術の途方もない進展だけではなく、それを可能にする資本主義経済の圧倒的な力であった。俗な言い方をすれば、「金はあるところにはある」という思いである。その経済の担い手は、十九世紀以来の資本家たちと、当時急速に台頭しつつあった新興のテクノクラートたちであった。年齢からいえばウィリアムズと同世代のエリートたちであろう。マンハッタンに降り立ったウィリアムズは、愛人らしき女性に向かって愚痴をこぼす——

……おれが「あの連中ときたら、あんな橋をものの二、三か月で建てていく。

それに引き換え、こっちには本一冊書く時間もない。

まったくいやになる」

と言うと、この女がおれを

たしなめるのだ。「あの連中にはその力がある

ただそれだけのことよ」女は言う「そしてそれは

あんたにはないものね。もし手に入んないなら

素直にそれを認めることね。それにあの連中はそんな力を

あんたに分けてやるつもりはないのよ」。ごもっとも。（*CPI* 324）

同じ世代の新興エリートたちが、バブル経済のなかで、アメリカの産業と経済を動かし、巨万の富を獲得していく。その一方で、開業医であるウィリアムズの方は、名目上の社会的な地位は高いものの、実質は肉体労働者並みの過酷な労働によって、生計を維持していかねばならない。大学卒業時点では同じ出発点に立っていたにもかかわらず、天地の差が開いている。この詩の理解にとって重要なのは、この富の不均等な配分に対する不満が、巨大な建築物に具現される資本主義の圧倒的な存在感によって、詩の末尾では、ほとんど絶望的な諦めに変質させられている点である。

しかし実は、医者としては、アメリカ資本主義が推進する科学技術の発展の恩恵に、ウィリアムズも、他のアメリカ国民同様に、浴しているのである。発売とほぼ同時に購入したT型フォードは、毎日の往診に費やす労力を軽減したし、医療機器や薬の進歩は、彼の患者の命を救い、彼らを病苦から解放した（だからこそ、未来の技術進歩の延長線上に、「ボタンを押すだけで」云々の夢想も生まれるのだ）。医者としてこの事実から目を背けることはできない。つまり、詩人として、一小市民としては富の偏在に不満でありながらも、医者であることが、その職業倫理が、ウィリアムズに資本主義体制に対する一方的で無責任な批判を躊躇させるのだ。資本主義の害悪ゆえに、これを全面否定して、それ以前の世界を理想化することはできないのだ。

しかし、技術進歩によって詩を書く時間が増えるわけではない。車のお陰で、体力の消耗は避けられるが、反対に往診可能な範囲は広がり、かかりつけの患者も増えるだろう。そして最新の医療技術に遅れないためには、それ相応の勉強も必要であろうし、彼の職業倫理が怠けることを許さないであろう。ますます忙しくなり、書く時間を見つけるのは、ますますむずかしくなる。

3

さて、パウンドの詩に戻ろう。何年も後にイェイツがオクスフォードのライト・ヴァース選集に載せたがったこの一見軽妙な社交詩が、実は、その後のパウンドの転落の人生を予見しているという驚くべき解釈を打ち出したのが、ルイス・ハイドの『贈与』(Lewis Hyde, *The Gift: Imagination and the Erotic Life of Property*) であった。最後の第十章「エズラ・パウンドと野菜通貨の運命」がパウンド論であるが、それまでの章すべてが、このパウンド論のための周到な布石だと言ってよい。パウンドは、この詩において、もの書きという呪われた職業からの解放を、盗賊の守護神マーキュリーに祈願している。マーキュリーはギリシアのヘルメスに対応するわけだが、ハイドはヘルメスが「商取引の神、すなわち金と商品と公道の神である」点に着目する。パウンドは、ものを書く苦しみからの解放を冗談半分に願って、小さな煙草屋の店主という平凡な小市民の生活を与えてくれるようヘルメスに祈願した。ハイドは、ユングの「影」の理論を援用して、その後のパウンドの行動の軌跡から考えると、「ヘルメスは実際にパウンドの願いに応えたのだが、パウンドは尻込みをし、ヘルメスが接近するのを拒絶し、この神を自分自身の影に委ねた」と解釈する。そしてユングの理論を忠実になぞって、「それから、蔑視されたすべての神がすべてそうであるように、ヘルメスは力を増し始め、ますます脅迫的な様相を呈してゆき、一九三五年までにはパウンドの自我をその中心軸から引きはずしてしまった。その頃までにパウンドは、彼自身の暗い部分に潜むこの「破壊的な」神を、ユダヤ人に投影してしまっていた」と論じている (Hyde 246-7)。

軽蔑し抑圧した欲望に、逆に憑依され、その欲望を他人に投影してしまう。ユング理論の基本法則である。この抑圧された欲望の回帰の理論が、ホロコースト以前にヨーロッパに蔓延していた反ユダヤ主義全体を説明しうるかどうかは疑問だが、パウンド個人の精神病理を理解する上ではきわめて魅力的に思える。

周知のように、パウンドは一九一九年にソーシャル・クレジットという異端的な経済理論に出会ってから経済学に開眼し、世界恐慌後は他の多くの文学者同様に、不況克服のための新しい経済政策の研究にのめり込んだ。やがて、帝国主義戦争や大不況をユダヤ金融資本による世界経済支配の所産と見る陰謀史観に到達し、自分の信奉する経済理論の理想の実践者を求めて、ムッソリーニに接近した。第二次世界大戦勃発後はローマのラジオ放送を通じて、露骨な反ユダヤ主義的言辞を散りばめて自分の経済理論を喧伝し、アメリカ国民に合州国の戦争中立を呼びかけ、そして、アメリカが参戦すると、ローズヴェルトの決断を犯罪的だと難じた。終戦後、国家反逆罪容疑で逮捕されるが、精神異常と認定され、以後十二年間あまり、ワシントンの精神病院に軟禁される。

パウンドの経済学を論じるとき、通常、高利貸し（過度の利殖 *usura, usury*）に対する攻撃に焦点が当てられるが、その背後に、資本主義の大量生産様式とブルジョア趣味に対する徹底的な侮蔑があることは多言を要しないだろう。「ヒュー・セルウィン・モーバリー」（一九二〇年）の冒頭のオードの第三セクションの一部を見るだけで十分だろう。

ティー・ローズの茶会服等々が
コス島のモスリンを陵駕し

自動ピアノが
サッフォーの竪琴に「取って替わる」
（中略）

「すべては流れる」
と賢者ヘラクレートスは言う
だが、けばけばしい安っぽさが
我らの時代の後も続くだろう

（中略）
「美」が市場で判定されるのを
我らは見る

（PT 550）

再び、「湖中の島」に戻れば、「ささやかな煙草屋」の店主の生活は、俗悪なブルジョア文明に埋没し、むしろ小さな元手（資本）によってその文明の片隅に参加し、頭を使わず気楽に生きることを意味している。何の資本も持たず、原稿料を稼ぐために「四六時中頭を使って」生きるボヘミアンの暮らしに、パウンドといえども、時に気が狂わんばかりになることがある。気散じに煙草を買いに馴染みの煙草屋を訪れ、ふと世の中の大勢に身を任せる気楽な生き方に誘惑を感じてしまう（無論、煙草屋は煙草屋で、客には分からぬそれなりの商売上の苦労があるに違いないが、隣家の芝は青く見えるのだ)。それは、煙草の一服が与えてくれる緊張の弛緩に似た感覚を伴っていただろう。しかし、その安っぽい生活が、心の中のもう一人の自分にとって本物の魅力を持っていたからこそ、後に、詩という形で、その経験を詩人仲間に語るパウンドの口調は、冗談めかしたものになった。

高利貸し(度を越えた利殖)、大量生産様式、ブルジョア趣味、これを言い換えれば、資本主義市場経済である。なにゆえパウンドは市場経済を嫌悪するのか。「「美」が市場で判定される」のをなぜ嘆くのか。答えはひとつではない。経済学的には「富の不平等な分配に対する憤懣」というのが、有力な答えの筆頭であろう。審美学的には「芸術の崇高性への信仰」という答えもあろう。しかしながら、ハイドの『贈与』が暗示する答えが、筆者にはもっとも魅力的に思える。すなわち、パウンドは贈与交換経済の中に生きる人なのだ。

よく知られている伝記的な事実を述べれば、パウンドは、微塵の恩着せがましさもなく、また一切の見返りも期待することなく、惜しみなく一方的に与える人であった。『ポエトリー』、『リトル・レヴュー』、『エゴイスト』など影響下にある雑誌や、かかわりのある出版社を利用して、ウィリアムズやH・D(ヒルダ・ドゥーリトル)など旧知の仲間だけでなく、エリオット、フロスト、ロレンスなど才能ある無名の詩人や作家に、作品発表の場を与え、出版を手助けした。こういった例は枚挙に暇がない。エリオットやジョイスを精神的あるいは経済的苦境から救おうと努力したことは有名である。ハイドも引用しているヘミングウェイの「エズラに捧げる賛辞」は、繰り返し引用するに値する。

パウンドは自分の時間の五分の一を詩に捧げた。残りの時間を使って、彼は友人たちの芸術的な、そして物質的な富を増やそうと努めた。友人が攻撃されれば、弁護した。彼らの作品を雑誌に載せた。刑務所にいる友人をそこから出してやった。金を貸し、絵を売ってやった。コンサートを準備してやり、友人たちについての記事を書いた。彼らを裕福な女性たちに紹介し、出版社には友人たちの原稿を出版させた。死にそうだという時には、夜通し見守って、遺書の証人となった。病院代を貸してやり、自殺を思い止まらせた。(Hyde 233)

このようなパウンドの無償の贈与行為は一体どこから来るものなのか。パウンドの持って生まれた気質を理由とする本質論的な説明は、循環論(気前のいい行為→気前のいい性格→気前のいい行為→)に陥って、言うまでもなく無効である。

贈与されるから、人にも贈与する。これがもっとも合理的な説明であろう。私見では、パウンドの場合、現実世界における物質的、精神的な贈与行為は、それとは次元を異にする、文学空間における贈与交換と連動している。文学空間において、パウンド自身が他人から気前よく贈与されているからこそ、文学空間のみならず、現実世界においても、気前よく他人に贈与するのだ(ここには、他の多くの詩人、芸術家が区別している二つの空間の混同がある)。イェイツやエリオットとの交友のような、相互に影響を与え合う、生きている二人の詩人の関係は、厳密には贈与交換ではない。それはむしろ物々交換に近い。与える相手が生きた人間であれば、人は無意識のうちに何らかの見返りを期待してしまうだろう。それとは別に、パウンドは、決して返すことができない相手から与えられているから、その代わりに他の人々に無償で与えるのだ。その決して返すことができない「相手」とは誰か。ひとつは「天」(あるいは「詩神」)であろう。自分に天から気前よく与えられた才能（贈与《ギフト》、天賦の才）ゆえに、他の人々にも気前よく何かを与えるのだ。もうひとつはと言うと、それは過去の死者たちからの贈与である。

ここで『贈与』の第一章でハイドが紹介している贈与交換の典型を見ておこう。それは第一次世界大戦中にマリノフスキーが、ニューギニアの東に位置する南太平洋諸島で観察したマシム族のクーラ（Kula）と呼ばれる交換の儀式である。二つの儀礼的な贈物、腕輪と首輪がクーラの交換の中心となる。二つの贈物は家から家へ、島から島へ、絶えず移動している。赤い貝殻でできた首輪（「男」と見なされ、女が身に着ける）は、時計回りに移動し、腕輪（「女」と見なされ男が身に着ける）は反時計方向に移動する。これらの贈物が家にあると、その家の者は非常な名声を得、噂話の格好の種になる。贈物は使用によって消尽されることはなく、しかも必ず満足をもたらす。しかし、これらの品を長く家にとどめておくと、怠慢だとか、吝嗇であるとか噂される。それぞれの品が諸島を一周するには二年から十年かかる。クーラは物々交換とは区別されている。贈られた品を、そのまま他の家に贈ることもできるが、同等の品に替えて贈ることもできる。しかし、その場合、等価であるかどうかの判断は贈り手に任せられる。それについて噂をすることはできても、いかなる強制もできない。そして、これは非常に重要な特徴だが、贈物は環状に移動するので、自分が品物を贈った人から、贈物を受け取ることはない。環状に動くために、その動きを個人のエゴが支配することはできない。各媒介者はグループの一部とならなければならず、したがって、それぞれの贈与は社会的誓約の行為となる。

このようにクーラを紹介した後、第二章で、ハイドは芸術作品とクーラの贈物の類似性について、次のように述べている。

我々が贈物と分類する生き物はもちろん実際に成長する。しかし、クーラの品のように、自ら動く力を持たない贈物も、人から人に渡っていくにつれて、その価値と活力が増すと人々は感じている。（中略）贈物の特性は、上向きの力、善意あるいは自然の徳、魂、集団に資するものなのだ。（私が芸術作品は贈物であると言う意味には、このことも含まれる。才能ある芸術家は、天賦の才能によって与えられた活力を作品のなかに満たす。それによって他の人々もその活力を利用できるようになる。さらに、我々が宝として扱う作品は、活力を伝達し、魂を蘇生させる作品である。そのような作品は、利用できる生命、すなわちホイットマンが「無味の魂の水」と呼ぶものが入った容れ物として、我々の間を循環するのである。） (Hyde 25-6)

4

高度資本主義社会においては市場経済に外部は存在しない、などとも言われるが、現代においても、市場経済に馴染まず贈与交換として扱わなければならない事象、そして贈与交換によってしか説明できない事象が存在する。前者のひとつは、ハイドも言及している臓器提供の問題である(Hyde xvi)。周知の通り、市場経済社会においても臓器の商品化には抑制が働く。それは商品ではなく、贈物として扱われるのだ。後者は、私利私欲とは無縁な「同好の士の集まり」が典型であろう。それが生きている芸術家の集まりであればサロンである。しかし、これは先にも述べたように、物々交換に近い様相を呈す場合も多い。しかし、芸術の場合は、生きている芸術家が、死者たちのコミュニティーに参加することが可能である。適切な呼び名が見つからないが、既存の名称では

「古典主義的芸術観」が一番近いだろう。そして、この古典主義的芸術観は、パウンドの盟友T・S・エリオットが「伝統と個人の才能」で「歴史的な感覚」と呼んでいるものに等しい――

そしてこの歴史的な感覚は、過去が過去であるということだけではなくて、過去が現在に生きているということの認識を含むものであり、それは我々がものを書く時、自分の世代が自分とともにあるということのみならず、ホメロス以来のヨーロッパ文学全体、及びその一部をなしている自分の国の文学全体が、同時に存在していて、一つの秩序を形成していることを感じさせずには置かないものなのである。（エリオット一一）

古典を尊重する者にとって、古典は死者たちからの気前のいい贈物である。死者は恩着せがましく返礼を求めることはない。我々も返礼したくとも、敬意を表わす以外のことはできない。死者から受け取った贈物は、ちょうどクーラの循環において、西の島から来た贈物を東の島に回すように、現在生きている人々か、あるいは未来の生者に贈る以外はない。もちろん、腕輪を同等の別の腕輪に替えて贈る場合のように、芸術の場合は、死者から受け取った贈物を自分なりの贈物に変換して贈るしかない。何を贈るか死者は我々に強制したりはしない。だが、我々が死者に対する十分な敬意を持っているならば、自分の贈物に、死者たちの贈物に込められていたのと等価の活力を込めようと、少なくとも努力するに違いない。そして我々の贈答は死者への返礼の代替行為であるから、我々はその行為に、死者への感謝の念を込めこそすれ、恩着せがましさなど決してまとわせないであろう。それはパウンドの気前よさと同様、ごく自然に無私の行為となるだろう。そして、この行為は伝統への参与の誓約を意味するだろう。

死せる先人たちに対する感謝の念が抑えがたく募った末に、死者に会って直接返礼をする幻想（夢）を見て、さらにはそれを詩という贈物にして、後世の生者たちに捧げる詩人もいる。死者との贈与交換のヴィジョンである。死せる詩人たちとの幻想上の出会いということに限定すれば、パウンドやエリオットが敬愛してやまないダンテの『神曲』は、この贈与交換空間の視覚化の、もっとも偉大な典型であろう。その中でも白眉は、ダンテが、先輩詩人グイド・グイニチェルリと、そして最も尊敬するプロヴァンスの吟遊詩人アルノー・ダニエルと言葉を交わす「煉獄篇」第二六歌であろう。パウンドとエリオットがこの歌を偏愛したことはよく知られている。この歌で、グイニチェルリはダニエルを「われに優る匠」（"il miglior fabbro"）と呼ぶのだが、『荒地』の献辞の中でエリオットも、元原稿を添削してくれたパウンドをこの尊称で呼んだ。『荒地』の末尾を飾る同じ第二六歌の一行"Poi s'ascose nel foco che gli affina"（「そして、彼（ダニエル）は同罪の仲間たちを浄める火の中に身を隠した」）は、二人にとって、あるいは伝統という贈与交換空間を表わす暗号であったかもしれない。

もちろん、パウンド自身にこの贈与交換のヴィジョンがないはずがない。それは他ならぬ最初の『詩篇』である。一部を引用する——

海が逆流し、我々は、先にキルケーが告げた
場所に至った。
ここで彼ら、ペリメーデースとエウリュロコスが儀式を執り行ない、

我は腰の剣を抜き
一エル平方の小穴を掘り、
死者各々に神酒を注いだ、
初めに蜂蜜酒、そして甘い葡萄酒、白い麦粉を混ぜた水。
そして蒼ざめし頭蓋骨に多くの祈りを捧げた。
イタケーに帰らば、最良の去勢牛を
生け贄とし、供物を山と積んで火をかけ、
ティレシアースのみに黒く、鐘のごとき羊を捧げんと。
赤黒い血が溝を流れ
屍のごとく死せる、冥界より来りし魂、花嫁たちの
若者たちの、そして多くに堪えし老人たちの。
まだ新しき涙に汚れし魂たち、いたいけな乙女たち、
青銅の槍先でめった刺しにされた多くの男たち
戦に損じられ、血の滴る武具をいまだ身に帯びたまま。
これら多くの魂が我を取り巻き、声をあげ、
我が顔は蒼白、部下たちにさらなる獣を求めた
(中略)
それからアンティクレアが現われたが、我はこれを追い払う。つぎに
テーバイの人ティレシアースが

黄金の笏を手に現われると、我を認めて、先に言葉を発した
「二度目か。何故だ。不運な星の男よ
なぜ陽の当たらぬ死者とこの喜びなき地に対面するのか。
溝より退きて、我に血の酒を与えよ、
予言のために」。

そこで我は退く。

そして、血潮に力得し予言者は語った。「オデュッセウスよ
恨み深いネプトゥーヌスをすり抜け、暗い海を渡り、汝は故郷に帰らん、
伴する者らをすべて失いて」。次にアンティクレアが現われた。

(CA 3-5)

これは、オデュッセウス一行が、魔女キルケーに教えられて、死せるティレシアースの預言を求めて冥府に降り、生け贄の血によって死者たちを招き寄せる場面である。招魂の儀式によって現われ出てきた死者たちのなかには、オデュッセウスの帰国を待たずして死んだ母アンティクレアの姿もある。生け贄の血を飲み干したティレシアースは、オデュッセウス一行を待ち受ける過酷な運命を告げる。贈与の交換の順序が、通常とは異なるが、それは大した問題ではない。預言を聞いてから、その返礼に生け贄の血を贈るのでも一向に構わないだろう。この生け贄の血と預言の交換は、生ける詩人と死せる詩人たちとの贈与交換(古典主義)の隠喩と見なせる。

さらにこの部分には過去のいくつもの贈与交換が重層化されている。まず、この部分はホメロスの『オデュッセイア』第十一章のアンドレアス・ディーヴスによる中世ラテン語訳を、さらにパウ

ンド自身が最古の英詩の調子をまねて意訳したものである。ディーヴスは古典ギリシア語が読めない読者のために、パウンドは中世ラテン語が読めない現代の読者のために、それぞれ翻訳している。それは生者への贈物であるが、敬意を捧げるという意味では、死者（ホメロスとディーヴス）への贈物でもある。翻訳こそ先人への敬意を表わすもっともふさわしい贈与であろう。さらに『オデュッセイア』のこの冥府降りの部分は、ウェルギリウスがホメロスに敬意を表して、『アエネイス』第六巻で、アエネアスの冥府降りとして反復しているモチーフでもある。そして、さらに、ウェルギリウスを案内者としてダンテが行なう地獄降りも、言うまでもなく『アエネイス』の冥府降りの反復なのである。この「詩篇 一」は、翻訳と、そして同じモチーフの借用（本歌どり）という死者との贈与交換が、何重にも積み上げられた作品であり、古典主義のマニフェストとして、これ以上はないくらいにふさわしい構造を持っていると言える。

5

パウンドは、伝統あるいは古典主義という名の贈与交換空間に生きる人であった。しかし、この空間はあくまで文学上、芸術上の存在でしかない。それは、生身の人間が現に生きている世界（「こと今」）とは、次元を異にする空間である。その二つの空間の混同が、パウンドに、美しい憧れと同時に、惨めな破滅をもたらしたのだ。贈与の精神に満ちた文学空間を、過去の歴史の中に求めたとき（それが「そもそも間違いだった」のだが）、パウンドにおいては、それは未だウズーラ（*usura* 度を越した利殖）に汚されぬ近代以前の農業中心社会として立ち現れた。トゥルバドゥールたちが吟遊したプロヴァンス、イタリア・ルネッサンス期、孔子の時代の中国等々への憧憬は、これによって説明できよう。これは無害な幻想であった。しかし、この混同はパウンドの英雄中心の歴史観、すなわち、ベルトラン・ド・ボルンやシジスムンド・マラテスタのような封建君主、そしてファシスト・ムッソリーニの理想化の淵源となった。パウンドにとって、文学空間あるいは文学史は天才たちの作った空間であり歴史であって、そこでは民主主義は何ら用をなさないからだ。そして、最後に、文学空間における惜しみない贈与の精神が、個人が利殖を競う市場経済社会への激しい憎悪を引き起こしたとき、この憎悪は反ユダヤ主義的妄想を招き寄せ、パウンドの人生は転落した。

一方、ウィリアムズは、パウンドと同じく、資本主義市場経済の矛盾（富と知識の不平等な分配）に憤慨しながらも、同時に、医者として、それがもたらす科学技術の恩恵を否定することはできなかった。いや、車の運転のように、その恩恵を嬉々として楽しむことさえあった。ウィリアムズは、資本主義社会の片隅に参加していた。彼は、パウンドが気の迷いから一瞬憧れた「ささやかな煙草屋」の店主でもあったのだ。しかし、もちろんウィリアムズも贈与の精神をほどよく持ち合わせていた。彼は、野心あふれる若い詩人に、自信を与える達人であった。オルスン、ギンズバーグ、ケルアック、ロウエルなど、「エリオットの時代」以後に活躍する詩人たちに、ウィリアムズは師として慕われた。ウィリアムズは、この矛盾に満ちた現代社会を正気を保ったまま生き抜くのに必要な、ほどよい私欲とほどよい無私を、多くの小市民たちと同様に持ち合わせていたのである。

パウンドの重厚な「詩篇　一」を引用した後で、それとは明らかな対照をなすウィリアムズの軽快な小品を引用して、この稿を締め括りたい。伝統という贈与交換空間に生きるパウンドに対して、このウィリアムズの詩は、現実のコミュニティーの中に生きる詩人でなければ書けない種類のものである。放課後の小学生たちが道をぶらぶら歩いている。詩人は車窓から眺めているのかもしれない。それだけなら何の変哲もないが、五行目の「背が伸びたものだ」が、この詩の奥行きを一挙に深める。ウィリアムズが、この町の産婦人科・小児科の開業医であり、また近くの学校の校医も務めていたことを考え合わせて頂きたい。

寂しい通り

学校が終わった。暑すぎて
歩くのも楽じゃない。気楽そうに
軽やかなスモック姿で、彼女たちは通りを歩く、
ぶらぶら時間をつぶすために。
背が伸びたものだ。みんな
右手にピンクの炎を持っている。
つま先から頭の天辺まで白に身を包み、
きょろきょろよそ見をしながら――
ふわふわ風に浮かぶ黄色のスカーフ、
黒の飾り紐と靴下――
貪欲な口が、棒の先の
ピンクの砂糖を舐める――

手に持ったカーネーションのようだ――
彼女たちは寂しい通りを登っていく。
("The Lonely Street," *CPI* 174)

引用文献

Hyde, Lewis. *The Gift: Imagination and the Erotic Life of Property*. New York: Random House, 1979.（邦訳ルイス・ハイド『ギフト』。井上美沙子、林ひろみ訳。法政大学出版局。二〇〇二年。）
Williams, William Carlos. *The Collected Poems of William Carlos Williams*, Vol. I. Ed. by A. Walton Litz & Christopher MacGowan. New York: New Directions, 1986.（*CPI* と略記）
T・S・エリオット『エリオット選集』第一巻。吉田健一、平井正穂監修。彌生書房。一九五九年。

11

『詩篇』の余白に

パウンド以降のアメリカ詩、オルスンとスナイダー

原成吉

はじめに

エズラ・パウンドは、二十世紀の詩の白地図に巨大な山河と都市を書き込み、二十一世紀の詩をマッピングした詩人である。この詩人は抽象を嫌い、「細部にいたる明瞭さ」を追究した。彼の後に現れた英語で詩を書く詩人たちは、パウンドがデザインした地図をたよりに未知の領域へと入っていった。もちろんそんな地図など必要としない詩人たちもいる。しかし、「詩（人）とは何か」という問いかけに、全生涯をかけて取りくんできたパウンドという詩人を無視して詩を書ける詩人は、そう多くはいないはずだ。なぜならパウンドが耕した土壌から、アメリカの「現代詩」は育ってきたからだ。

日本ではパウンドの名前は知られてはいる。しかし、それはT・S・エリオットの「荒地」に鉈を振るい、ジェイムズ・ジョイスの『ユリシーズ』を世に送り出し、ヘミングウェイの初期の文体に大きな影響を与えた「モダニズムの興行師」としてのパウンドであって、その作品が多くの読者に読まれているとは言えないだろう。アメリカにおいてもパウンドの作品が広く読まれるようにな

ったのは、第二次世界大戦後に出版された『ピサ詩篇』以降のことである。この論では、現代詩の仕掛け人と呼ばれたパウンドが耕した詩の土壌を視野に入れながら、パウンド以降のアメリカ詩、とりわけチャールズ・オルスンとゲーリー・スナイダーの詩学を考えてみたい。

I

パウンドは二十二歳でアメリカを捨てヨーロッパに渡り、ワシントンDCにある聖エリザベス病院に軟禁された十三年間をのぞけば、その生涯のほとんどをイタリアで過ごしたことになる。このエグザイルの詩人はアメリカをどうみていたのだろう。若いころパウンドは、いくぶん自省の念をこめながら、荒削りな大地の歌をうたった十九世紀のアメリカ詩人に、こんな「条約」の詩を書いている。

ウォルト・ホイットマンよ、あなたと条約を結ぼう――
ぼくは長いことあなたを忌み嫌ってきた。
いまあなたのところにいるぼくは
頑固な親父を持った、大人になった子ども
あなたと友人になれる年ごろだ。
新しい森を切り開いたのはあなただった
いまはそれを刻む時だ。
ぼくらは一つの樹液、根っこは一つ――

ぼくたちの通商をはじめよう。

（PT 269）

パウンドは文化に関心を示さない「半ば野蛮な国」アメリカを捨て、ヨーロッパや東洋の文学伝統にモデルを求めながら、それを自分と同時代のものとすることによって、ホイットマンが切り開いたアメリカ詩を現代的なものに変えていったといえよう。

パウンド以降のアメリカ詩に話を進める前に、まずはパウンドにとって「詩とは何か」という問題を考えてみたい。彼は一九二七年に発表したエッセイ「いかに読むか」（*LE* 25）において、詩のコトバを三つのタイプに分け、その機能について述べている。それを要約すると次のようになる。

（一）メロポエイア〈melo（song）+poeia（poem）〉。コトバのもつ日常的な意味にくわえて、ある種の音楽性をともなったコトバで、その音楽的要素が意味内容と深く結びついているタイプの詩。言い換えれば、詩のコトバの音楽的な美と考えてよい。メロポエイアは、その詩が書かれている言語について無知の外国人であっても、音に鋭敏な耳をもっていれば味わうことができる。ただし翻訳は至難の技。

（二）ファノポエイア〈phano（image）+poeia（poem）〉。視覚的想像力に訴えるイメージが創りだす詩で、コトバのもつ映像的・絵画的な美を表現するタイプの詩。ファノポエイアは、異なる言語に翻訳できる。

（三）ロゴポエイア〈logo（word）+poeia（poem）〉。「コトバをめぐる知性のダンス」。これはコトバの直接的な意味だけでなく、ある言語に特有な慣用的語法、そのコトバが想起させる意味やそのコトバに付随する、すでに受け入れられている意味やアイロニーを含むもので、音楽や造形美術にはない言語表現固有の美である。ロゴポエイアは、それが表している精神状態をパラフレーズすることはできても、他の言語には翻訳不可能なものだ。

ここでパウンドが推進した二十世紀の「現代詩」を振り返ってみると、定型の韻律によって書かれたメロポエイア中心の抒情詩から、イメージを断片化したファノポエイア主体の詩へ変化していったという見方も成り立つ。もちろん優れた作品は、これらの三つの要素が螺旋のように絡み合っているから、単純に分けることはできないが、パウンドの作品からメロポエイアとロゴポエイアの例を探すことはさほど難しくはない。たとえば「アルバ」（"Alba"）、プロヴァンスの夜明けの別れの恋歌）は、メロポエイアの詩といえるだろう。

スズランの濡れた青白い花びらのように
涼しげに
かの女は夜明けにとなりで寝ていた。

As cool as the pale wet leaves
of the lily-of-the-valley
She lay beside me in the dawn.
（*PT* 287）

この西洋版「衣ぎぬの歌」の魅力を日本語では伝えることは絶望的だが、原文のもつ長母音と繰り返される［l］の滑らかな音によるミュージカル・フレーズからは、夜明けに別れる女性の官能的な美しさが伝わってくる。パウンドはメロポエイアを、曲に合わせて歌うもの、聖歌のような素朴で単調なメロディーに合わせて詠唱するもの、そして朗読するためのものに分けている。さしずめこの「アルバ」は朗読のための作品といえそうだ。

一方、ファノポエイアの例は、パウンドのもっともよく知られた詩の一つ「メトロの駅で」("In a Station of the Metro") にみることができる。

群衆のなかに、とつぜん現れるさまざまな顔
濡れた、黒い枝の花びら。

The apparition of these faces in the crowd;
Petals on a wet, black bough.

(*PT* 287)

これは二つの異なるイメージを重置した「イマジズム」の典型的な作品で、俳句の「取り合わせ」の技法をパウンドが「翻訳」した作品といってもよい。言うまでもないが、取り合わせはたんなる写生ではないので、読者それぞれが個々のイメージから「物語」を思い浮かべることになる。

では、ロゴポエイアについてはどうだろう。パウンドはこれら三つの詩のコトバの働きに序列はつけていないが、ロゴポエイアを言語芸術固有の性質と考えていた。これは先に例を引いたような短詩では活かしきれないものだ。「コトバをめぐる知性のダンス」という表現からも推測できるように、それはコトバの派生的な機能を活かした「パスティーシュ」(故事や古典の本歌取り) の手法と

いえる。これはT・S・エリオットの初期の傑作「プルーフロックの恋歌」(一九一七)にもみることができる。ロゴポエイアを使ってエリオットは、アイロニーの詩を創造した。モダニストの詩人たちは、「パスティーシュ」の手法によって、過去を現在と同時代的なものに作り替えていった。パウンドは彼独自のロゴポエイアを代表作『詩篇』で実践することになる。

イギリスの詩人バジル・バンティングは、「詩篇の遊び紙に」("On the Fly-Leaf of Pound's Cantos")という短い詩に『詩篇』の意義とその存在について書いている。

アルプスの峰だ。他に何と言えばよい?
アルプスは意味を成さない。命取りの氷河、険しい岩山の屈曲した登り
無秩序な丸石と草、牧草地と丸石、岩くず
「そして　聞こえるのは、おそらく　光と喜びにあふれたリフレーンの調べ」
氷が削り取る岩に、何が刻まれていたか、それを知るものはいない。

山はそこにあるのだ、もしそいつを避けたければ
長い回り道をせざるをえないだろう。
慣れるには時間がかかる。アルプスの峰だ、
馬鹿どもよ、座ってそれが崩れるのを待つがよい。

(Bunting 127)

これは一九四九年の作品なので、とりわけパウンドの『ピサ詩篇』を念頭においた作品と考えて

よいだろう。バンティングもエズヴァーシティ（パウンドの作品を出版し続けたニュー・ディレクション社を創設した詩人のジェームズ・ロックリンの造語、「エズラの大学」の意味）で教えを受けた詩人の一人だ。「アルプス」、すなわち「詩篇」には、首尾一貫した意味などなく、あるのは無秩序に転がった詩の断片、しかし聞こえてくるのは「光と喜びにあふれたリフレーンの調べ」（原文では、この一行はフランス語）という指摘は、二十世紀後半における「詩篇」の受容をずばり言い当てている。

『詩篇』は、パウンドにならえば歴史を含んだ民族の物語であり、ヨーロッパの伝統をもとにした文化案内といえるだろう。パウンドの研究家によれば、その構成は説明ぬきで事物やイメージを並列する「イデオグラム（表意文字的）手法」、そして詩人にとっての文化的ヒーローの仮面を使う「ペルソナの手法」、さらにはホメロスの『オデュッセイア』の沿岸航海やオウィディウスの『変身物語』などがモチーフになっているという。いわば漢字の偏と旁のように、そこに提示された情報は読者のなかでさまざまな連想を生みながら広がってゆく。しかし、語り手（詩人）は解説を加えはしない。エリオットが「ハムレット論」で論じている「客観的相関物」をここに見出そうとしてもがっかりするだけだ。パウンドは、エリオットのように何か伝えたい感情があるとき、それを象徴する一連の出来事を見つけて詩を書くという方法はとらなかった。そのため『詩篇』の全体は、数多くの複雑な偏と旁のピースが集められた巨大なジグソーパズルさながら、判読不能な「漢字」のように見えるかも知れない。ここに包括的な意味を探そうとしてもむだだ。そもそもこの作品は、普通の意味での語りの詩ではない。だからバンティングの詩句にあるように「慣れるのに時間がかかる」のも仕方ない。

2

『ピサ詩篇』がまだ原稿の段階であったとき、これを借り受けて書き写し、そこから新たな詩を創造しようとしていた詩人がいた。後にブラック・マウンテン派と呼ばれる詩人たちの中心となるチャールズ・オルスンだ。第二次大戦中のルーズヴェルト政権下で、オルスンは四一年から外国語情報部や戦時情報局といった政府機関に所属し、四四年からは民主党全国委員会外国籍部門の部長職を務めていたが、大統領の急死により政治の世界から離れ、詩人としての生涯をたどることになる。一方、パウンドはムッソリーニを支持するラジオ放送をしたため、国家反逆罪の嫌疑で、四五年十一月にアメリカへ送還され、首都ワシントンの聖エリザベス病院に軟禁されていた。その翌年「精神異常」の診断を受け、およそ十三年をそこで過ごすことになる。当時はまだ無名の詩人だったオルスンがパウンドと直に接したのは、一九四六年一月から四八年二月までの二年半の間、場所は聖エリザベス病院だ。オルスンは終戦後パウンドが出会う最初のアメリカ詩人となった。余談だが、彼をパウンドに引き合わせたのは、ND社のジェームズ・ロックリンだった。オルスンもまたエズヴァーシティの一人となって、老いた師からレッスンを受けることになる。おそらくオルスンはパウンドを心から尊敬はしてはいなかっただろう。しかし心から憎んでもいなかったはずだ。彼は現代における詩と詩人のモデルとしてパウンドを必要としたのではないだろうか。聖エリザベスでの出会いの記録をオルスンが綴ったノートが残されている。それを編纂したキャサリーン・シールは、序文で次のようなオルスンのメモを紹介している。「たぶんパウンドが、おまえが無意識のうちに探していた方法を明らかにしてくれる……父たちのように書くのだ、父となるために」（CO&EP XVII）。

このようにして精神病院からパウンド以降のアメリカ詩が誕生することになる。オルスンは自分の作品のなかで、パウンドとの出会いにたびたび言及している。友人の詩人ロバート・クリーリーにあてた手紙（「マヤ書簡」）では、パウンドから何を学ぶべきかについて次のように述べている。

エズの叙事詩では、彼のエゴが問題を解決する。彼の単一の感情は、あらゆるものを自分と同じか、あるいはそれ以下のものに分類する（俺のみるところでは、彼が自分より優れていると認めているのは、たぶん孔子とダンテの二人だけだ。議論しても負けるような知的人間はいないという思い込みは素晴らしいことだ。なぜならそれによって歴史的な時間を破壊し、空間の場（スペース・フィールド）という「詩篇」の方法論を創造するからだ。そこで、彼は身体を逆さにして、素材はあらゆる時代のものだが、その素材を彼のエゴの嘴で、とても見事に操ってきた。その結果、時間を、いま俺たちに必要なもの、すなわち空間と生きた大気に変えたのだ。（SW 81-82）

自らを「ヨーロッパの悲劇を生きる最後のアメリカ人」（Hall 244）と語ったパウンドから、オルスンが学んだものは、時間を空間に変える長篇詩の方法論だったといえる。

おそらく植民が始まった時代から、無限とも思える地理的な広がりを目の当たりにしてきたアメリカ人にとって、「空間」という概念は特別な意味を持つにちがいない。ここでは歴史（時間）感覚はさほど問題にならず、それに代わって地理（空間）感覚がクローズアップされる。時間は空間へと還元され、行為する瞬間が新たな出発となる。どこへでも移動は可能だ。しかし既成の地図は役に立たない。なぜなら行為そのものが、いつも新しい「場」となり、そのプロセスには終わりがない。残るは方法論だ。オルスンは、そのヒントをパウンドの『詩篇』に発見し、彼独自の詩を創造することになる。

オルスンは彼のメルヴィル論「我が名はイシュメイル」のなかで「空間の詩学」を次のように語る。「メルヴィルは時間をさかのぼる方法を持っていた。そして歴史をはるか彼方まで押しもどし、時間を空間へ変えた……論理学と分類法が文明を人間にもたらし、人間は空間から離れた。一方メルヴィルは空間を探求し人間を発見した」(CP 19)。ここでいう空間を自然と解釈すれば、エコロジーの問題になるが、「ギリシャ人には／おれの身体はわかるまい／アメリカ人とは／さまざまなきっかけの複合体／それ自体が空間の幾何学」(MAX 184-85) と語るオルスンの関心は、外の自然だけでなく人間の中の自然、つまり自分自身の身体にも向けられている。歌うべきものは、外にある場所のみならず、詩人の内にあるものも含まれる。オルスンは「投射詩論」のなかで次のように述べている (CP 247)。

仮に、詩人がむやみとアンテナを外に広げるばかりなら、自我の勝った主観以外にはたいして歌うことは見つからない……しかし詩人がそのアンテナを内側へ向けた場合はどうであろう。つまり、外なる自然の力に関わりながら、同時に内なる自然にも包みこまれる場合、詩人は自分自身に耳を傾けるようになる。自分自身の身体を通して経験を聴き取ろうとする行為によってこそ、詩人は自然の事物たちが分かち持つ神秘に到達できるのだから。そして向きを逆にして内から外へと、内なる自然のリズムに合わせて聴き取った経験を歌いだせば、それは自ずとフォームをなす。

（「投射詩論」二八四）

ここからは、クリーリーがオルスンに語った「フォームは内容の延長にほかならない」（CP 240）という、ブラック・マウンテン派の有機的詩学を読みとることができる。「ヒューマン・ユニヴァース」というエッセイでは、「芸術とは、描写することではなく、新たな法則を創ることだ」（CP 61）と述べている。『マクシマス』の八番目の詩篇で（MAX 39）で「どうやって踊るか／座ったままで」と歌うオルスンにとって、詩は、ちょうどダンサーとダンスの関係のように、詩人の肉体という「場」において、新たに創られる「フォーム」ということになる。「ここ／いま」の状況で詩を創り出す詩人の「息」が詩行を決める、といった自発性が強調される。これは「投射詩論」の中心となる考え方だ。論理的な「主部／述部」からなる統語法では、コトバが経験に先行してしまうため、詩人が表現したい経験は再現できずそのエネルギーは失われてしまう。分類したり比較したりする「理念のコトバ」に代わる、句や節をコラージュしてゆく「パラタクシス」が前面に出てくる。これはまさにパウンドが『詩篇』のなかで実践した方法に他ならない。では、ここでいう「パラタクシス」とは何か？　それは、いわゆる「文法」（ディスコースの秩序）ではなく、事物が起こった順にしたがって、伝えるべきコトバや行為を並列してゆく統語法のことだ。オルスンは、エリック・ハヴロック著『プラトン序説』の書評（CP 355-56）のなかで、ホメロスやヘシオドスの詩はこのパラタクシスから成り立っている、と指摘している。これはギリシャに論理学が始まる前の、つまりアリストテレス以前のプリミティヴな「語り」のスタイルだ。息―音―言語（うた）という語りのパフォーマンスを詩に復活させ、「アメリカ人」という最後の原初の空間を作ろうとした長篇詩、それがオルスンの『マクシマス詩篇』である。

ここで、おそらくパウンドの『詩篇』よりも読まれることの少ない『マクシマス詩篇』について簡単に触れておきたい。この長篇詩には、二人のモダニスト詩人の影響がうかがえる。パウンドの『詩篇』からは長篇詩の構成法と歴史の扱い方を、ウィリアムズの『パターソン』からは具体的な都市における住民＝土地＝歴史の相関的関係を詩にどう取り込むかを、オルスンは学んだといえよう。しかし作品はオルスン独自の詩的世界となっている。

マサチューセッツ州の漁港グロスターと語り手マクシマスの関係は、「わたし、グロスターのマクシマスから、きみへ」（*MAX* 5-8）という最初の詩篇にはっきりと表れている。語り手は沖合からグロスターをみつめている。そこには、魚干し棚や「我らが航海の女神、聖母マリア教会」が見える。彼はこの町を愛している。だから看板広告、ネオン・サイン、スプレー・ガンで汚された現状の町を悲しみと怒りの眼差しで見ている。やがて彼は、ここを食い物にするコマーシャリズムを叩きつぶし、グロスターを変えるのが自分の使命だと考え始める。語り手のヴィジョンのどこかに鳥の巣作りのイメージがある。これが詩人自身のおぼろげな使命のメタファーとなる。生きる場所を作っている鳥は、その場のフォームを生みだしてゆく。鳥はいまいる場所で見つけた種々雑多な材料を選択しながら、自分自身の羽根も加え、自らの肉体から巣を作り上げてゆく。材料の一つ一つが個々の歴史を持っている。語り手はほとんど祈るような想いで、グロスター・マン（漁師）に、あの鳥のように町を作って欲しいと願う。おまえの場所を、そのフォームを生みだすのだ、おまえが見つける素材や資源をもとに、それを慎重に選び、おまえ自身もその一部としながら、愛を持って創造せよ、と命じる。語り手は自身の羽根、つまり彼自身が創る詩を差し出すことでそのプロセスに参加する。

この冒頭に置かれた作品では、グロスター固有の植民の歴史と地形的な特徴（本土から切り離された島）と、個人（詩人）がどのように相対的な関係を作り出せるか、という長篇詩の主題が、パウンドの言う「細部にいたる明瞭さ」をもって展開されている。

詩篇の中には、オルスンが最初の妻コンスタンスと聖エリザベス病院にパウンドを訪れたときの回想も織り込まれている。

（「ピック・ニックス」、とパウンドはどなった
それはフライド・チキンを買って
聖リズの病棟から午後の間、彼を連れ出し
アナコスティィ河が見えるテニスコートのそばで
食べましょうよ、とコンが言い出したときのこと
　　　　　　　　　別の理由で
おれも反対だった　ちょうどそこは海軍機の爆音が
すさまじい　それに患者たちのおしゃべりのほうが
背景としてはふさわしいはず
黒いコートに大きな帽子の偉大な男、饒舌の全人
パウンドという戦利品には
（*MAX* 32-33）

このようなパウンド観から、オルスンの複雑な心理がうかがえる。

オルスン＝マクシマスは、グロスターのあるべき姿を想い描いている。この土地の美しい自然が気に入っている彼は、ここを自身のルーツとしたい。しかし海の町を押しつぶそうとする「陸からの声」がマクシマスを悩ませる。彼は自分の仕事をはっきりと自覚してゆく。まず、フィールド・ワークを通して地形的・歴史的事実を掘り起こし、それにフォームを与えること。つぎに、この土地の起源が「いつ」「どのように」「だれ」によって破壊されたかを知り、過去の抵抗の歴史を現在の自分に活かすこと。そして、グロスターという土地に根づきながら、その土地の歴史の一部となる、それがマクシマスの使命だ。

「ヘロドトスのような歴史家になり／自分で、いま伝えられているものの／証を探し求める」（MAX 104-05）。考古学者のように歴史のあらゆる層を掘り起こし、起源を発見しようとするマクシマスには不安と苛立ちがある。ときには、いままで事実とされていたものが偽りであることがわかる。だから詩人は、巣作りをする鳥のように、材料を集めるだけでなく、それを新たに定義しなければならない。そして新たに発見した「もの」が、前の意味を変えてゆく。このオープン・エンディングの手法によって、詩は単なる「もの」の羅列から、流動するエネルギーの「場」となる。グロスターとマクシマスについての情報も偶然性に左右される。引き延ばされる結論に読者は苛立ちを覚えながらも、歴史とは、それに参与する者がそれぞれに紡ぎ出す神話／物語であり、決して終わることのない生成過程であることに気づかされる。そして詩篇全体が、プロセスを語るさまざまな声の交錯する「場」であることを知る。多くが「手紙」で語られるオルスン＝マクシマスの話（his story）はグロスターの歴史（HISTORY）に織り込まれてゆく。

母港グロスターから始まる二十年にわたる「沿岸航海」は、マサチューセッツ植民の時代から、詩人が見た夢の話、アルゴンキン族の伝説からアルフレッド・ホワイトヘッドの宇宙論、現代文学からアラブの天使論、といった時間と空間をめぐり、オルスンの死とともに終わる。詩をプロセスそのものに還元しようとするオルスンの詩学は、彼と同時代の別の芸術ジャンル、たとえばジャクスン・ポロックのアクション・ペインティングと呼ばれた絵画、あるいはジョン・ケイジのチャンス・オペレーションの音楽にアナロジーを見つけることもできよう。

オルスンのパウンドとの出会いは、アメリカ詩に新たな詩の可能性をもたらしたことは確かだ。

3

オルスンの次の世代の詩人で、パウンドの詩的伝統を受け継ぎながら、それを日本で実践し、アメリカの詩的風土に根付かせたカリフォルニアの詩人がいる。ゲーリー・スナイダーだ。彼は、最新詩集『山頂の危うさ』に収められた「さらに語るべきこと」(“What to Tell, Still”)という作品で、パウンドと若き日の自分を回想している。

二十三のとき、灰色のむち打つ風が吹きすさぶ山火事監視小屋に座っていた
北部カスケード山脈の北の端
岩と氷のはるか高みで、考えていた
　パウンドに会いに、聖エリザベス病院へ行くべきか?

そして、ぼくはバークレーで中国語を学び、パウンドのところではなく、日本へ行った。

（*DP* 41）

この詩句のとおりスナイダーは一九五六年に日本を訪れることになる。彼はパウンドが憧れを抱いていた東洋を直に体験した最初のアメリカ詩人といえる。二十六歳で京都にやって来て、三十八歳のときに家族とカリフォルニアへ戻るまで、仏教の修行や研究を重ねながら、能に通い、日本の山河を歩き、日本のカウンター・カルチャーのグループと親交を深めながら、詩作を続けた。スナイダーは、日本での経験をバックパックに入れて「亀の島」（北アメリカ）へ持ち帰り、その土地に根ざした詩を創造してきた。ピューリッツァー賞やボリンゲン賞などの文学賞に加えて、日本でも第三十二回「仏教伝道文化賞」（一九九八）や第三回「正岡子規国際俳句大賞」（二〇〇四）を受賞している。東アジアと亀の島を含めた環太平洋文化圏から、スナイダーの詩は生まれた。

彼の作品に「斧の柄」という詩がある。シエラネヴァダ山麓の自宅、キットキットディジーで長男のカイに手斧の投げ方を教えているところから詩は始まる。息子は柄のない斧の頭をもってきて、自分の手斧が欲しいという。そこで詩人は、折れた斧の柄を適当な長さに切って、薪割り台へ持ってゆく。詩は次のように続く。

そこでおれは、古い柄を削りはじめる
手斧でもって、すると　はじめエズラ・パウンドの訳で
知ったあの言葉が

はっきりとよみがえる。
「斧の柄を作るとき
　手本は　すぐそばにある」
それで　カイにこう言ってやる
「いいかい、いま削っている斧の
柄を見ながら
柄を作ればいいんだ――」
息子はうなずく。そしておれは再び言葉を聴く。
それは　紀元四世紀、陸機《ルウジ》の「文賦《ワンフ》」、
その序に由来する――
曰く、
「斧を操《と》りて
柄を伐《き》るに至《いた》りては、
則《のり》を取ること遠からず」とある。
ずっとまえ　それを英訳し教えてくれたのは
おれの先生、世驤《シシャン》 陳《チェン》
そしてわかった。パウンドは斧だった
陳先生も斧、いまおれも斧
そしておれの息子、カイは柄だ、彼もまた

すぐに形づくられてゆく、手本と
道具、文化の手仕事
こうしておれたちの伝統は続くのだ。

（AXE 5-6)

手斧の投げ方を息子に教える、という光景は都市に暮らす人には想像しがたいかもしれないが、シエラの森では事実である。しかし斧を投げることがこの詩のポイントではない。微笑ましい日常のひとこまから、パウンドが実践してきた文化の継承という大きなテーマを、この詩は読者に投げかけてくる。切り株にグッサと突き刺さるのは、この「教え」のほうだ。異文化を自分の属する文化に取り入れる過程は「翻訳」という手仕事をとおして行われる。スナイダーは、京都の大徳寺にある龍泉庵（ルース・フラー佐々木が廃寺を再興し、外国人の修行者や研究者のために禅堂と図書館を増築したもの）で、柳田聖山、入谷義隆、バートン・ワトスン、フィリップ・ヤンポルスキーといった中国語、中国文学、宗教学の学者たちのグループに加わり、中国語の原典から『臨済録』の英訳をしたこともある（当時のスナイダーについては、金関寿夫著『アメリカ現代詩を読む』（思潮社）収録の「八瀬のイージー・ライダー——若き日のゲーリー・スナイダー」を参照）。日本に滞在中に、中国の唐時代の風狂詩人、寒山の英訳や日本の詩人宮沢賢治の作品の英訳も手がけている。

スナイダーは彼のライフワークともいえる詩集『終わりなき山河』で、この文化伝承の新しいあり方を探求した。この作品も、オルスンの『マクシマス詩篇』と同じようにパウンドと彼が残した作品なしには考えられない長篇詩である。

四十年間にわたって書き続けられた三十九のセクションから成るこの詩集は、「知識ではなく、生きたパフォーマンス」としての自然（野性）を歌ったものであり、地球全体をひとつのウォーター・シェッド（水の流れ）が生みだす限りない空間として視覚化した、山水画のような構造をもった作品だ。それは大地とその形成過程についての詩であり、仏陀と生きとし生けるものが織りなす神話についての歌である。『終わりなき山河』のモデルとなっているのは、山と水がつくる風景とそこから生み出される豊かなエネルギー、すなわち文化である。

またこの作品は、能の演劇的技法、アメリカ先住民の伝承やさまざまな文化圏の神話、仏教、とりわけ「空《くう》」の思想とその文化、地質学と地形学、そしてエコロジー理論に拠っている。スナイダーは朗読のための「プログラム・ノート」で、「この詩の最良の味わい方は、踊り、詩、音楽がつくる能や伝統的演劇のように、一連のパフォーマンスとして体験することだ」と述べている。この詩集は、声に出して読まれる、あるいは謡われるものとして書かれた、あまり他に例のない現代詩といえるだろう。

そのなかの一つ「背中にこぶのある笛吹き」（*M&R* 79）という作品では、異文化をバックパックに詰めて運んだ人物が描かれている。一人は、玄奘《げんじょう》、日本では「西遊記」でおなじみの三蔵法師。もう一人、こちらは人間ではないが、アメリカ南西部の先住民のあいだに広く知られているココペリという精霊の一種だ。いまでは観光客に人気のキャラクターとなっているが、この地域にはさまざまな姿のココペリが岩や洞窟の壁にペトログリフ（岩面陰刻）で残されている。それはヨーロッパ系アメリカ人がこの地にやってくる前のことだ。詩は次のように始まる。

背中にこぶのある笛吹きは

どこへでも歩いてゆく。
グレートベースンの大岩の上にも座る
背中のこぶは　バックパック。

玄奘は

六二九年インドにゆき
六五七の経典、仏画、マンダラ
そして五十の遺宝を携えて
六四五年に中国に戻ってきた——
湾曲したフレームの背嚢には、日傘
刺繍品、彫り物
香炉が玄奘が歩くたびに揺れた
パミール高原　タリム川　トゥルファン盆地
パンジャブ州　ガンガーとヤムナーの
両大河にはさまれた土地

テキサスのスウィートウォーター、クウィラユーテの土地、ホー川
アムール川、タナノ川、マッケンジー川、オールド・マン川
ビッグホーン川、プラット川、サンファン川

彼が運んだのは
「空《くう》」
彼が運んだのは
「唯心」
唯識《ゆいしき》

背中にこぶのある笛吹き
ココペリ

その背中のこぶはバックパック。

（『終わりなき山河』一三八―一三九）

スナイダーは、インドから中国へ仏教の大乗経典、とりわけ「空の思想」を持ち帰った唐時代の僧、玄奘とアリゾナ州の北東部、現在のナバホ・ネーションにある「キャニオン・デュ・シェイ」の岩に刻まれたココペリの姿を重ねながら、パウンド風の「イデオグラム」の手法で描いている。ココペリに関する断片と玄奘についての記述が、漢字の偏と旁のように構成され、その二つが総合されて「文化の運び手」というイメージが作られてゆく。旅の途中の川の名前や地名は、アジアと亀の島という地理的な隔たり、異なる文化を表している。そしてバックパック（背嚢）の中身が明らかになる。

玄奘は、インドから（超越的知恵の全哲学が凝縮された）心経という「空の思想」を背嚢に入れて持ち帰り、それを中国語に翻訳し、可動活字に組んだとされている。玄奘がインドから中国へ伝えたものは、日本で禅仏教として発展した。現在のわたしたちの生活に、その智慧がどれだけ活かされているかは疑問が残るところだが、スナイダーというココペリ（詩人）がバックパックにその教えを詰め込み、太平洋を越え、亀の島へ持ち帰ったことは確かだ。ココペリとは、旅人であり、その笛は歌であり、背中のこぶはバックパック、そのバックパックには文化の種が詰まっている。時間の中に埋もれてしまった古い文化を、翻訳し、伝えようとする "Make it New" の精神が、個々の文化圏を新たなものにしてきた。

むすび

かつてパウンド＝孔子は、「杏の花が／東から西へ風に舞う／わたしはそれが失われないようにつとめた」（*CA* 60）と歌った。杏は孔子が教えを説いたいわば聖地の樹木だ。その花とは教えに他ならない。パウンドは孔子の教えを西洋に運んだ文化の運び手、ココペリといえるだろう。二十世紀後半は、パウンド学者ヒュー・ケナーのいうように『パウンドの時代』だった。パウンドという文化の伝道者なくして、アメリカの長篇詩は考えにくい。詩人のW・S・マーウィンは、「種を読みたまえ、小枝ではなく」というパウンドのアドヴァイスによって異文化の作品を翻訳し、彼の詩の世界を豊かなものにしてきた。

二十一世紀のアメリカ詩からどんな「斧の柄」が削られるのだろうか。「ぼくが書きたかったのは／きみがわかってくれるような詩だ。／きみがわからなかったら／一体どんな意味がある？／でも、きみはわかろうと努力しなくちゃいけない」（Williams 103-04）というウィリアムズのコトバは、前衛詩を書き続けたパウンド、オルスン、そしてスナイダーたちに共通する願いだ。もう一度、時間をかけてアルプスに連なる終わりなき山河を眺めようではないか。

引用文献

Bunting, Basil. *Collected Poems*. New York: Moyer Bell Limited, 1985.

Hall, Donald. *Remembering Poets: Reminiscences and Opinions*. New York: Harper & Row, 1978.

Olson, Charles. *Collected Prose*. Berkeley: U. of California P, 1997. 〔*CP*〕

———. *Charles Olson & Ezra Pound: At Encounter at St. Elizabeths*. Ed. Catherine Seelye. New York: Grossman Publisher, 1975. 〔*CO&EP*〕

———. *Selected Writings*. Ed. Robert Creeley. New York: New Directions, 1966. 〔*SW*〕

———. *The Maximus Poems*. Ed. George F. Butterick. Berkeley: U. of California P, 1983. 〔*MAX*〕

Pound, Ezra. *Literary Essays of Ezra Pound*. Ed. T. S. Eliot. London: Faber & Faber, 1960. 〔*LE*〕

Snyder, Gary. *Axe Handles*. San Francisco: North Point Press, 1983. 〔*AXE*〕

———. *Danger on Peaks*. Washington, DC: Shoemaker & Hoard, 2004. 〔*DP*〕

———. *Mountains and Rivers Without End*. Washington, DC: Counter Point, 1996. 〔*M&R*〕

Williams, William Carlos. *The Collected Poems* Vol. I. Ed. A. Walton Litz and Christopher MacGowan. New York: New Directions 1986.

ゲーリー・スナイダー著、山里勝己、原成吉訳『終わりなき山河』思潮社、二〇〇二年

チャールズ・オルスン著、斉藤修三訳「投射詩論」『ビート読本』思潮社、一九九二年

エズラ・パウンド関連年譜

遠藤朋之編

BC一六〇〇頃　湯王が夏王朝を倒し、商王朝（後の殷）を樹立。湯王は洗面盤に「新日日新」と刻んだ王で、パウンドはそれを"MAKE IT NEW"と訳し、自分のモットーとした（「詩篇 五三」）。

BC九五〇頃　ホメロスが生まれたとされる。

BC六〇〇頃　レスボス島にサッフォーが生まれたとされる（cf「パピルス」）。

BC五五一　孔子生まれる。老子、荘子を信奉する道家（老荘思想）もこのころ起こり、パウンドは「道《タオ》」を"process"と訳している。孔子は、生涯にわたってパウンドに影響を与え続けることとなる（cf「詩篇 一八」、「ピサ詩篇」などに散出）。

BC五〇頃　プロペルティウス、オウィディウス生まれる（「セクストゥス・プロペルティウスへの讃歌」、「少女」、「木」など）。

八世紀前半　李白、杜甫、王維、やや遅れて白居易生まれる（cf『キャセイ』、「墓碑銘」）。

十一〜十三世紀　プロヴァンス周辺で、権謀術数によって身を立てていた吟遊詩人、トゥルバドゥール（グイドー・カヴァルカンティ、アルノー・ダニエル、ベルトラン・ド・ボルン、チノ・ダ・ピストイアなど）が活躍（cf「グイドーはかく招けり」、「六行聯詩《セスティナ》・アルタフォルト」、「チノ」、「プロヴァンスはさびれて」、「ペリゴール近郊」など）。パウンドは『ロマンス文学の精神』において、彼らを「人生と芸術の間に乖離がなかった」と語っている。

一三二〇頃　ダンテ・アリギエーリ、『神曲』を書く。パウンドは『詩篇』を書く動機について、「ダンテ以来、六世紀分の歴史がまとめられていない」と一九六〇年のドナルド・ホールによるインタヴューで語っている。

一四三一　フランソワ・ヴィヨン生まれる。パウンドは、ヴィヨンの『大遺言』を後にオペラにしている。

一七三五　アメリカ第二代大統領ジョン・アダムズ生まれる。

一八一二　ロバート・ブラウニング生まれる。パウンドは、他人の仮面をかぶって、その仮面に自らを語らせる、仮面の手法をブラウニングから学んでいる（cf「詩篇 二」）。

一八六五　ウィリアム・バトラー・イェイツ生まれる。

一八八五　十月三十日、エズラ・ウェストン・ルーミス・パウンド、アイダホ州ヘイリーで生まれる。生後十八カ月でフィラデルフィアへ移住。小学生のとき、自分の名前を"Xra"と綴ったことから、周りからは"Ra（レイ）"と呼ばれていた。韻文で手紙のやり取りをするという親族の中に育ったため、「詩は誰でも書けるものだ」と思っていたという。

一八九八　三カ月に及ぶヨーロッパ旅行へ、叔母フランクと出かける。イギリス、ベルギー、ドイツ、イタリア、モロッコにまで足を延ばしている。

一九〇一　ペンシルヴェニア大学に、ラテン語のテストで入学する。まだ十六歳になっていなかった。この頃、ウィリアム・ブルック・スミスという画家と知り合う。処女詩集『消えた微光』は彼に捧げられている。このころには詩人になろうと考え、「直感は神々からのものだが、技術は磨こうと思えばいくらでも磨ける」と感じ、「三十までには誰よりも詩について知っている人間になる」と決意する。

一九〇二　二度目のヨーロッパ旅行。同じペンシルヴェニア大学の医学生ウィリアム・カーロス・ウィリアムズとブリン・モー大学の学生ヒルダ・ドゥーリトル（後のH・D）に会う。H・Dとパウンドは非公式に婚約をし、パウンドは彼女に『ヒルダの本』という、自分でタイプして装丁までした詩集や指輪をプレゼントするが、H・Dの父親（ペンシルヴェニア大学の天文学の教授だった）の反対にあい、結婚はかなわなかった。ウィリアムズは後に「パウンドに会ったのは紀元前と紀元後くらいの違いがある」と自伝に記す。

一九〇三　ニューヨーク州のハミルトン・カレッジに編入。このころ解析幾何学に興味を持つ。後年、詩論を展開するときに、ちょっとした数式を入れたりするのは、この影響と思われる。ある程度までは、パウンドにとって詩は、科学だったのだ。

一九〇五　六月、ハミルトン・カレッジを卒業、ペンシルヴェニア大学修士課程に入る。長大な叙事詩の構想はこの頃から練り始める。

一九〇六　六月に修士課程修了。七月には奨学金をもらってヨーロッパへ初めて一人で旅する。ロペ・ドゥ・ヴェガについての博士論文のリサーチが目的だった。しかし、「博士論文などという散文的なものが世の中にあることを忘れたい衝動に駆られて」、論文はついに書かれなかった。

一九〇七　ペンシルヴェニア大学博士課程を中退。メアリー・ムーアに会う。一九二六年増補版の『仮面』は、この女性に捧げられている。八月、インディアナ州クローフォーズヴィルのウォーバッシュ・カレッジに、フランス語、イタリア語、スペイン語（ロマンス語全般）の教員として就職するも、周りと反りが合わず、最終的には、嵐の中困っている旅芸人の女性を部屋に泊めた（とされる）事件によって辞職する。最初で最後の定職だった。当時の心情は、「監禁されて」を参照。

一九〇八　二月、詩の草稿と八十ドルを持ち、家畜運搬船に乗ってジブラルタル海峡を経てヴェニスへ行き、処女詩集『消えた微光』を百部（百五十部とも）自費出版する。イェイツにも送った。サン・トロヴァソ地区に住んでいたときに書きためた詩が、ロンドンへ移った後、十二月半ばに出版になった第二詩集『今年の降誕祭の十五の詩』に収められる。

一九〇九　オリヴィア・シェイクスピアに会う。パウンドをイェイツに紹介したのは彼女であり、ここからロンドンの文学サークルへのつながりができた。後に結婚することとなるドロシー・シェイクスピアは、オリヴィアの娘である。『仮面』および『歓喜』出版。

一九一一　フォード・マドックス・フォード（当時はまだ「フォード・マドックス・ヘファー」と名乗っていた）に、同年出版の詩集『カンツォーニ』の詩を読んで聞かせるも、フォードはその古いスタイルに大笑いし、床を転げまわる。だがパウンドは後に「このおかげで三年は節約できた」と語っている。T・E・ヒュームと会ったのもこの頃である。

一九一二　『突き返し』出版。この年の春、パウンド、リチャード・オールディントン、H・Dの三人が、日本ではイマジスト綱領と一般に呼ばれる三原則に賛同し、イマジズムを始める。その三原則とは、「一、主観的であろうと客観的であろうと、モノそのものを直接に扱うこと。二、提示に寄与しない言葉は決して使わない。三、リズムに関して。音楽的なフレーズのつながりで作っていくこと。メトロノームのシークエンスではダメ」というものであった。南仏を徒歩旅行する。これは、トゥルバドゥールがかつて活躍した地を、自分の足で歩いた、いわゆる実地検分であった。その成果は、「プロヴァンスはさびれて」、「ペリゴール近郊」などに見られる。シカゴでハリエット・モンローが主宰する雑誌『ポエトリー』の海外編集者となる。

一九一三

彫刻家アンリ・ゴーディエ・ジャレスカに会う（cf『ゴーディエ・ジャレスカ――追想』）。

雑誌『ポエトリー』にイマジスト詩が載り始める。アーネスト・フェノロサの漢詩と能、および漢字についてのノートをフェノロサ未亡人から受け取る。このノートから、『キャセイ』（一九一五）、『日本の貴族演劇』（一九一六）、『詩の媒体としての漢字考』（一九三六）が後にパウンドの手によって出版されることとなる。十一月からイェイツの私設秘書として、サセックス州のストーン・コテージに暮らす。「詩篇 八三」では、イェイツにウィリアム・ワーズワースの詩をよく読んで聞かせたことや、イェイツが自分の「孔雀」をアイルランド訛りで朗読するのを耳にしたこと、「焼いたハムなど、農民の食べるものだ」として、イェイツがハムを食べなかったことなどが語られている。同じく、フェノロサの遺稿による『錦木』の翻訳も読み聞かせ、それにアイルランドの民話との共通性を感じたイエイツは、そこからインスピレーションを得て、『鷹の井戸』を書く。エイミー・ローウエルが、イマジズムの調査にロンドンを訪れる。ローウェルは、兄のパーシヴァルが日本に滞在したこともあり（『極東の魂』という本も残している）、東洋について関心を持っていた。パウンドがそれまでの英語詩を彫琢するために、日本の俳句という短詩形を英語詩に持ち込んだのとは異なり、ローウェルは、イマジズムを単なる東洋趣味と勘違いしていただけだった。相当に大柄だったローウェルをパウンドは〝hippopoetess〟（「カバ」の〝hippopotamus〟と「女性詩人」の〝poetess〟をかけた）と呼んでいた。

一九一四

四月二十日にドロシー・シェイクスピアと結婚。雑誌『エゴイスト』と『ブラースト』創刊。とはいえ『ブラースト』は二号で廃刊となる。「爆破」という名のこの雑誌を持って地下鉄に乗ったドロシーは、周囲から驚きのまなざしを受けたという。『ブラースト』発刊を記念してのパーティーが、七月十五日にレストラン「デュドネ」で開かれる。『イマジスト詩集』出版。それを祝って、七月十七日に「デュドネ」でエイミー・ローウェルがディナーを催す（『ブラースト』発刊記念パーティーの翌々日、しかも同じところであった）。

一九一五 T・S・エリオットと九月下旬に会い、その数日後にエリオットは「プルーフロックの恋歌」をパウンドに送り、パウンドはゴリ押しでそれを『ポエトリー』（一九一五年六月号）に載せる。フェノロサの漢詩の遺稿を整理する。

中国詩の翻訳詩集『キャセイ』出版。イマジズムを離れ、ヴォーティシズムを提唱。エイミー・ローウェルが四月に『イマジスト詩人選』を出し、『エゴイスト』五月号でイマジズムの特集を行ったが、それはパウンドが考えていたイマジズムとはかけ離れていたので、それをパウンドは"Amygism"と呼び、イマジズム運動からヴォーティシズムへと移行していった。これは、詩のみの運動であったイマジズムを、絵画、彫刻、写真などを含む芸術全般に広げようとする運動で、「詩においては、イマジズムとそれほど変わるところはない」とパウンド自身が語っている。『カソリック・アンソロジー』を出版。この場合の「カソリック」は、宗教色はなく、「正統の」という意味である。日本人ダンサー伊藤道郎が前にパウンドの住んでいたアパートに住み始め、能や俳句についてパウンドに助言を与える。伊藤は「詩篇 七七」に登場する。

一九一六 能の翻訳『日本の貴族演劇』、詩集『大祓』を出版。イェイツの『鷹の井戸』を、アメリカ人のパトロン、ナンシー・キュナードの客間で伊藤道郎が舞う。それをイェイツ、エリオットなどと鑑賞する。伊藤はこのためにロンドン動物園へ通って鷹の動きを学んだという。

一九一七　「プロペルティウスへの讃歌」と「詩篇 三」が『キア・パウペル・アマーヴィ』として出版される。とくに「プロペルティウス」は、多方面から「誤訳」との指摘や非難を受けるが、パウンドは「オレの仕事は、死んだ人間を生き返らせること、生きた人間を提示することだった」と反論する。「プロペルティウス」には、プロペルティウス以降の詩人であるはずのイェイツのパロディーやワーズワースへの言及などもあり、「翻訳」ではなく、「翻案」とするべきであろう。イェイツやワーズワースを出すことによって、プロペルティウスがローマ時代の詩人ではなく、現代詩人、「生きた人間」として提示されるからだ。

一九一九　ムッソリーニがファシスト党を結成。

一九二〇　『ヒュー・セルウィン・モーバリー』を出版し、ヴァイオリニストのオルガ・ラッジのコンサート評を書いた後、パリへ移る。

一九二一　e・e・カミングスとの交友が始まる。

一九二二　パウンドが青鉛筆で大鉈を振るった『荒地』が出版される。その献辞は「より巧みなる芸術家EPへ」となっている。ジェイムズ・ジョイスの『ユリシーズ』が出版され、それに影響を受けて、一七年に出版した『詩篇』を全面的に組み替える。それによって、『オデュッセイア』の第十一歌「招魂」の、アンドレアス・ディーヴスによるラテン語訳からの英訳が巻頭に置かれた。もともとギリシャ語で筆記された『オデュッセイア』のラテン語訳の英訳を巻頭に置くということは、『詩篇』がさまざまな言語を内に招きよせる多言語空間になることを意味する。さらに「招魂」というタイトルの歌を冒頭に置いたことにより、『詩篇』という場は、過去に亡くなってしまったが今も生きるべき魂（スピリッツ／抽出物）を呼び寄せる場である、ということが端的に意図されることとなる。付け加えれば、「安らかに眠れ、ディーヴスよ」という巻頭歌の一節の意図は、それまでディーヴスが保ってきた今も生きるべき魂を、今度は自分が継承していくから安んじて眠れ、という、伝統継承を自ら任じたことの宣言でもある。

一九二三　オルガ・ラッジとの交友が始まる。

一九二四　「プルースト流の無気力に嫌気がさし」てパリを去り、イタリアのラパルロに住み始める。

一九二六　パウンド自身による選詩集『仮面』出版。

一九二八　エリオットの序文つきで、フェイバー社から『エズラ・パウンド選詩集』が出る。一月、イェイツがラパルロのパウンドを訪れ、当時二七篇まで出ていた『詩篇』の構造を、パウンドは以下のようにイェイツに説明した。「百の『詩篇』が書き上げられれば、バッハのフーガのような構造を見せるだろう。プロット、通史、論の展開、そういったものはなく、たったふたつのテーマ、つまり、ホメロスから取った冥界への下降、オウィディウスからのメタモルフォーシス。これに中世や現代の歴史に名を残すような人物が織り交ぜられるにすぎない」。

一九三〇　『三十篇の初期詩篇草稿』出版。

一九三一　『詩学入門』出版。本書でパウンドは、叙事詩の定義を「歴史を含む詩」としている。

一九三三　このころからファシズムに傾倒、ムッソリーニに面会して『三十の初期詩篇草稿』を手渡し、「おもしろい」と言われ感激したり、ファシズム暦で日付をつけるようになる。

一九三四　『十一の新作詩篇』（三一篇から四一篇まで）出版。エリオット、『異神を追いて』の講演を

一九三五　ヴァージニア大学で行い、「パウンドの地獄は他人の地獄である」と批判する。

一九三六　この頃から「社会信用説《ソーシャル・クレディット》」に傾倒、紹介パンフレットを出して宣伝する。北園克衛から詩誌『VOU』を送られ、文通を始める。パウンドは北園のことを、"Kit Kat"と呼んでいる。フェノロサのノートにあった漢字についてのエッセイ『詩の媒体としての漢字考』を出版。ここから表意文字的手法《イデオグラミック・メソッド》を得る。これは、具体的な事物がふたつ合わさると、抽象的なものまでを描くことができる、という、漢字の偏と旁にならった手法である。パウンドが使っている例を挙げれば、「信」という字は、「自分の言葉によって立っている人物」というものだ。

一九三七　以前から興味を持っていた孔子の『論語』の英訳、それに『第五期の詩篇』（四一篇から五一篇）を出版。ここにはあの名高い「ウズーラ詩篇」と呼ばれる高利貸し断罪詩篇、四五篇がある。

一九三八　『文化への案内』出版。

一九三九　アメリカを訪れ、戦争を避けるように上院議員たちに忠告するが、聞き入れられずに終わる。

一九四〇　『詩篇　五二から七一』（いわゆる「中国詩篇」と「アダムズ詩篇」）出版。パウンドはジョン・アダムズを、アメリカ建国の父として、非常に高い評価を与えている。「詩篇　六二」の最後で、アダムズを以下のように語っている。「ペイター・パトリエー《わが国の父》／ある時点でわれわれを／作り／ある時点で／われわれを／救った／公平、真摯、そして率直な行動によって」。一月、ローマ放送からアメリカに向けて演説を開始する。この演説は、以下のような内容であった。「こちらはヨーロッパ。私はパウンド。エズラ・パウンド。どうやらこの放送を聴いている連中は、どっちかというとアメリカ人よりイギリス人のほうが多いようだが、まあ諸君もきいておかれて悪いこたああるまい。イギリス人の頭は総体に木でできていて、アメリカ人の頭は西瓜でできているって話もある。とにかくアメリカ人の頭の中には、なんでもいいがぶち込むのは易しい。ところがそいつを十分間頭ん中に閉じ込めておく段になると、こいつあもうほとんどできない相談だ。私ゃ自分の話がどんなに役に立つのかは知らない。つまりどんな実益があるかっていう意味においてだ。しかしこの大西洋っていうくそ面白くもねえ海の両岸においでの皆さん方は、戦争のあるなしにかかわらず、いずれはいくつかの大事なことを知らなけりゃならんってことだ……」(William V. O'Conner, *Ezra Pound*から、金関寿夫訳)。

一九四三　ローマが陥落し、ムッソリーニはサロ政権を樹立。パウンドはローマから徒歩で娘メアリーのいるイタリアのチロルまで逃げ、そこからラパルロに戻る。ファシズムを賛美する「詩篇 七二」と「七三」(いわゆる「イタリア詩篇」、長年イェール大学のバイネッキ図書館に保管され、未発表だったが、現在では『詩篇』に所収)を書き、サロ政権のムッソリーニへ送る。

一九四五　四月二十八日、ムッソリーニがパルティザンに銃殺された後、逆さ吊りにされる。パウンド自身もその五日後に捕まり、アメリカ陸軍軍事収容所へと監禁される。捕まるときに、とっさに近くに落ちていたユーカリの木の実をお守りとしてポケットに入れた(「詩篇 八〇」)。手持ちの本は、ジェイムズ・レッグ訳と自身による英訳の『孔子』のみであった。後にトイレで英詩のアンソロジー、モリス・エドマンド・スピア編の『ポケット・ブック・オヴ・ヴァース』を見つける。自身が「ゴリラの檻」と呼んだ雨ざらしの檻での監禁のために倒れ、医療テントへと移される。ここで書かれたのが『ピサ詩篇』（七四から八四篇）である。ムッソリーニ死去のニュースを聞いたのもここであった（以上の話は、「詩篇七四」を参照）。ここで孔子の『中庸』、『大学』の翻訳を行う。十一月にはアメリカへ移送され、「精神異常で公判に立つ状態ではない」と診断され、年末にワシントンの聖エリザベス病院へ移される。

一九四六　公聴会が開かれるも、ファシズムの話になると突然立ち上がり、「オレはファシズムを一度だって信じたことはない。クソッ（Damn!）、ファシズムには絶対反対だ！」と怒鳴る。結果は聖エリザベス病院での十三年近くにも及ぶ軟禁であった。

一九四七　新しい病棟に移され、面会が可能になる。訪れた面々は、さながらポストモダンのアメリカ詩の見取り図であった。ウィリアムズをはじめ、チャールズ・オルスン、マリアン・ムーア、e・e・カミングス、ロバート・ローウェル、エリザベス・ビショップなど。パウンドはある手紙で、「オルスンが私の命を救ってくれた」とまで書いている。

一九四八　『ピサ詩篇』を出版。さらにそれまでの詩篇をまとめた『詩篇』（一から八四まで）を刊行。十一月、エリオットが訪れる。その一カ月後、エリオットはノーベル賞を受ける。

一九四九　第一回ボリンゲン賞を受ける。選考委員はエリオット、W・H・オーデン、アレン・テイト、ロバート・ローウェルなど。しかしこの受賞は物議をかもし、翌年からはイェール大学が選考を担当することとなる。

一九五〇　エズラ・パウンド協会設立。チャールズ・オルスンが「投射詩論」において、パウンドをアメリカ詩の先達とする。この詩論においてオルスンは、ロバート・クリーリーの「詩形《フォーム》とは言いたいことの延長以外の何物でもない」という言葉を引いている。つまり、言いたいことのなかに、その詩がとるべき詩形は内在されてある、ということだ。その意味において、自由詩においても詩形は厳然としてあり、その詩形とは、一回性のものである。「詩篇 二五」には「彫刻家は空間に形態を見る／ハンマーを手にする前に」や「彫刻家は空間に形態を見る／水底にガラスを見るように」、さらに「詩篇 七四」には「石は彫刻家が削り上げていく形態を知っている」という言葉が見られるが、クリーリーの言葉は、このパウンドの考えを散文に開いたものと考えて差し支えないだろう。

一九五四

ヘミングウェイがノーベル賞受賞のスピーチで、「私の代わりにパウンドがもらうべきだった。今年は詩人たちを釈放するのに良い年だ」と述べる。ヘミングウェイは、若い頃にパウンドに自分の作品を添削してもらっており、青鉛筆で形容詞ばかりを削られたという。『エズラ・パウンド文学論集』を、T・S・エリオットの序文つきで出版。この序文においてエリオットは、「いかなる詩の改革におけるパイオニアも、それまで敬意を表されてきた詩人に対して攻撃をするものである。その意味においてパウンドは、二十世紀の改革について、他の誰よりも責任を負っている」と書いている。

一九五五

『鑿岩機篇 八五から九五』出版。「鑿岩機」とは、彫刻家ジェイコブ・エプスタインの作品「鑿岩機」からとられている。歴史の岩盤の下にある美を、「鑿岩機」によって掘り起こす、というのがモティーフ。イェイツに「百篇書き上げられれば、バッハのフーガのような構造を見せるだろう」と語っていたパウンドだったが、その計画は『ピサ詩篇』で変更を余儀なくされた。そこで、もう一度『詩篇』の構造を強固なものにするため、『詩経』からのおびただしい引用を含む「詩篇 八五」を『ピサ詩篇』のすぐ後においた。『詩経』は歴史書であり、同時に詩書でもある。つまり、「歴史を含む詩」であり、その意味を不

一九五六　慮の出来事の後に、再度確認したことになる。

『トラキスの女たち』を出版、献辞は北園克衛であった。岩崎良三が自分の訳書『エズラ・パウンド詩集』（荒地出版社）と西脇順三郎の英語で書いた詩、「京都の一月（January in Kyoto）」を送る。それを読んだパウンドは、「私が近頃みたいずれの詩よりも活力ある英語を備えており、地上の反対側に一人の立派な詩人の存在することを知ったことは心暖まることだ」と返礼する。日本語で詩を書くことは無理だと考え、イギリスに渡ってヨーロッパ文学を吸収し、モダニスト詩人ジョン・コリアなどと親交を結んでいた西脇が、パウンドと同じような文学伝統を踏まえ、それを身体化して詩を書いていた真のモダニストであることを、如実に物語る話である。西脇にとってパウンドは、イコノクラスティックな詩人と映っていたようだ。パウンドについて、「開襟シャツを着てロンドンを歩いていた」というような記述が西脇の書いたものには散見される（「より巧みなる者へ」参照）。一九二〇年代のロンドンを実地で知る西脇にとって、ネクタイなしでロンドンを歩くことは、相当に勇気のいることだったのだろう。

一九五八　エリオット、ヘミングウェイ、フロストなどの尽力により、聖エリザベス病院から解放され、イタリアへと戻る。

一九五九　ラパルロへ移る。十二月には聖エリザベス病院で書きためた『玉座詩篇』（九六篇から一〇九篇まで）を出版。だが、いわゆる「沈黙の時代」へと入りはじめ、それを知ったエリオットが「あなたは生きている最高の詩人です。私はすべてをあなたに負っています」と電報を打つ。

一九六〇　雑誌『無限』夏季号でパウンド特集が組まれる。ドナルド・ホールがインタヴューし、さらに『詩篇』を書き継ぐ意思を示す。このインタヴューは、以下の言葉で締めくくられている。「私がアメリカ人であるためにヨーロッパ人に理解してもらえないことが多くある。誰かが私をヨーロッパの悲劇を生きる最後のアメリカ人だ、と言った」。

一九六一　この頃からラパルロとヴェニスを行き来する生活に入る（六三年には、飯田善國がヴェニスのポンテ・アカディミアを渡るパウンドを目撃している（『ユリイカ』七二年十一月号参照））。

一九六五　ロンドンでエリオットの葬儀に参列。葬儀の後、ケンジントンのエリオットのアパートを訪れる。エリオット追悼号の『スワニー・レヴュー』に、一九五九年以来書いていなかった散文を、追悼文として寄せる。以下、全文訳。「アイツは本当のダンテの声だった。まだまだ賞賛されつくしていないが。オレが賞賛した以上に価値あるヤツだ。今年ヴェニスであったジョルジオ・チニ基金のダンテ追悼集会で会えると思っていたが、ウェストミンスター教会［エリオットの葬儀会場］での再会となってしまった。でも、それから、アイツの家の暖炉で、火が燃えていて、まだ、アイツがいるのが感じられた。／思い出？　一九二〇年だったか二一年だったかに、リュックをしょったエリオットと、エクシドゥイユ［プロヴァンスの城］から歩いてきたオレが会ったのを知って、批評家たちが喜ぶだろう。歩いてばっかりの日々だった。会話？　パピエ・フェイヤール［当時の絆創膏］が、燃えるようなトピックだった。いま、オレのジョークをわかってくれるヤツがいるだろうか？／オレはトマス・スターンズ・エリオットのことを書こうとしているのか、それとも、オレの友達「ポッサム」のことを書こうとしているのか。アイツを安らかに眠らせてやってくれ。五十年前と変わらぬ熱意で、オレは、こう何度も言うしかない。「エリオットを読め」」「ポッサム」とは、パウンドがエリオットにつけたあだ名。北米に住む、驚いたりつかまったりすると死んだふりをするフクロネズミのこと。エリオットはそれを気に入り、ミュージカル『キャッツ』の原作となった作品には、『老ポッサムのイタズラ猫の本』というタイトルがつけられている。

一九六六　映画監督、ピエル・パオロ・パゾリーニにインタヴューを受ける（『現代詩手帖』一九九八年七月号参照）。十月にアレン・ギンズバーグが訪れる。ギンズバーグはビートルズの『サージェント・ペパーズ・ロンリー・ハーツ・クラブ・バンド』やボブ・ディランのアルバムを携えていく。レコードをかけてしばらくした後、ギンズバーグは「つまらないですか？」と聞く。するとオルガ・ラッジが「つまらなかったら、とっくに部屋を出てってますよネ」とパウンドに目配せしてギンズバーグに微笑んだという。

一九六七　自選の『詩篇抄』を出版。

一九六九　『第一一〇から一一七篇の草稿と断片』を発表。最後のアメリカ訪問。

一九七二　十月三十日に八十七歳の誕生日を祝って直後、体の不調を訴え、自らの足で病院へと行った後、十一月一日に永眠。遺体はヴェニスの沖合い、サン・ミケーレ島の墓地へと埋葬された。墓碑にはただ、“EZRA POUND”と刻まれてある。面積の限られた島の墓地なので、墓地の区画整理があるそうだが、パウンドのものは、いわゆる永代墓であるという。写真で見る限りではあるが、初期詩篇の「木」を思い起こさせるかのように、周囲には木々が鬱蒼と繁り、パウンド自身が木へとメタモルフォーゼしたかのような印象である。『ユリイカ』十一月号でパウンド特集が組まれる。パウンド逝去については誰も触れていないが、「緊急追悼」という見出しの付いた帯がつけられていることから、印刷の最中に逝去のニュースが飛び込んできたようである。

一九七六　新倉俊一訳編、『エズラ・パウンド詩集』が角川書店より刊行。
一九八五　生誕百年を記念して、日本でも論文集『エズラ・パウンド研究』（山口書店）が出版される。
一九八七　『消えた微光』が書肆山田より小野正和・岩原康夫訳で刊行。
一九九一　『今年の降誕祭の十五の詩』『仮面』『歓喜』が『仮面』として書肆山田より小野正和・岩原康夫訳で刊行。
一九九六　三月十五日、長年連れ添ったオルガ・ラッジ死去。七二年にパウンドが葬られたサン・ミケーレ島の墓地の隣に葬られた。一九六六年八月二十四日に記された『詩篇』最終篇（一一七篇の後に置かれた「断片（一九六六）」）にパウンドはこう記した。「あの女《ひと》の行い／オルガの美しい／行いこそ／心に刻まれるのだ。〃その名は「勇気」／そして『オルガ』と綴られる。〃この詩行《ライン》で／キャントーは締めくくられる〃それ以前にわたしが／なにを書いたとしても。」
一九九八　思潮社、海外詩文庫『パウンド詩集』が、城戸朱理訳編で出版される。それと同時に『現代詩手帖』九月号でエズラ・パウンド特集が編まれる。また、日本エズラ・パウンド協会の研究誌『Ezra Pound Review』が創刊される。
二〇〇四　『ピサ詩篇』がみすず書房より新倉俊一訳で、全訳刊行。
二〇〇五　『大祓』が書肆山田より小野正和・岩原康夫訳で刊行。

編集後記

　二十世紀の英米を中心とする文学をヒュー・ケナーのように『パウンドの時代』と呼ぶことに抵抗感を抱く人々はいるだろうが、少なくとも詩に限って言えば、エズラ・パウンドを中心にモダニズムというものが始まり、それがポスト・モダニズム、さらにはそれ以降の詩に大きな影響を与えているのは否定できないであろう。パウンドのもっともよき理解者かつ批判者でもあった友人のT・S・エリオットは、「エズラ・パウンド氏は二十世紀の詩の革新に他のいかなる人物よりも責任がある」と言っており、エリオットの伝記作者で、パウンドにはとかく点の辛いピーター・アクロイドのような批評家でさえも、パウンドこそ新しい詩を求めて、「実際ただ一人の力で世間一般に現代詩を認知理解させ」、「ある文学世代全体の好みを創造したと言えるようなところがある」と認めている。だが、「現代の〈モダン〉な概念」の「大部分が」由来すると言われる「パウンドの作品や批評」には、ハイ・モダニスト特有の難解性や断片性やエリート性の問題があるし、またファシズム擁護や反ユダヤ主義といった問題がある。そのような意味で、パウンドの詩と詩人その人は、いつも深刻な論争の渦に巻き込まれてきたたし、これからもそうであろう。

　そのようなパウンドの詩に出来る限り多面的にしかも包括的に光を当て、彼の詩作品を少しでも身近なものにしようとして、『記憶の宿る場所』という論集は、彼の生誕一二〇年を記念して、日本エズラ・パウンド協会、土岐恒二現協会代表理事及び児玉実英元代表理事の監修の下で企画された。そして、両氏の監修の実践部隊として四人からなる編集委員会を組織し、各論稿の基本的なテーマを立案し、十一の論稿と年譜よりなる、この論集が生まれた。執筆者はすべてパウンド協会の会員である。テーマの立案に際しては、副題の「エズラ・パウンドと20世紀の詩」が暗示しているように、縦軸にパウンドの詩と批評の発展や広がりを据え、横軸にこの詩人を理解する上で避けて通れない問題点や同時代の主要な詩人との関係などを配しながら、各々のテーマは構想された。なお表題の『記憶の宿る場所』は、「詩篇 七六」などにパウンドが引用しているグィドー・カヴァルカンティの詩句から採られたものである。

最後にこの論集の実際的な執筆方針について報告しておくと、パウンドの主要な詩作品の共通の引用文献は二つのテキストであり、その略号は次のように表記されている。

PT= *Poems & Translations*. New York : The Library of America, 2003.

CA= *The Cantos*. 1975 : rpt. New York : New Directions, 1996.

これらのテキスト以外の引用文献は、各執筆者の設定した略号が用いられているが、人名などを含む表記上の統一も可能な限り行うように努めた。多人数の執筆者であるにもかかわらず、表記や注釈などの面で基本的な統一性が保てたのは、企画及び編集方針を作成する段階から加わって頂き、有益な助言を頂いた思潮社の髙木真史氏のお陰である。編集委員として、同氏の労に深く感謝を申し上げるしだいである。パウンドの生誕百二十年を契機に、この詩人を愛する者として、更にその作品が一つでも多くの読者に読まれることを願ってやまない。

編集委員　岩原康夫　鵜野ひろ子　長畑明利　原成吉

二〇〇五年九月十日記

記憶《きおく》の宿《やど》る場所《ばしょ》――エズラ・パウンドと20世紀《せいき》の詩《し》

監修者
土岐《とき》恒二《こうじ》／児玉《こだま》実英《さねひで》

発行者
小田啓之

発行所
株式会社思潮社
〒一六二―〇八四二　東京都新宿区市谷砂土原町三―十五
電　話＝〇三―三二六七―八一五三（営業）八一四一（編集）
FAX＝〇三―三二六七―八一四二（営業）三五一三―五八六七（編集）

印刷
オリジン印刷

用紙
王子製紙・特種製紙

発行日
二〇〇五年十月三十日